# 채널마스터
## CHANNEL MASTER

# 채널마스터 10
## CHANNEL MASTER

한태민 현대 판타지 장편소설

초판 1쇄 찍은 날 | 2018년 10월 23일
초판 1쇄 펴낸 날 | 2018년 10월 30일

지은이 | 한태민
펴낸이 | 예경원

기획 | 위시북스
편집책임 | 이규재
편집 | 위시북스

펴낸곳 | 예원북스
등록번호 | 제396-2012-000132호
등록일자 | 2012. 7. 25
KFN | 제1-324호

주소 | 경기도 고양시 일산동구 호수로 646-24 위너스21II빌딩 206A호 (우)10401
전화 | 031-819-9431 팩스 | 031-817-9432
E-mail | yewonbooks@naver.com

ISBN 979-11-89450-72-4 04810
      979-11-6098-760-7 (set)

# 채널마스터

## CHANNEL MASTER

### 10

WISHBOOKS MODERN FANTASY STORY

한태민 현대 판타지 장편소설

# 채널마스터
## CHANNEL MASTER

## CONTENTS

# CHAPTER
# 1

　그는 가볍게 탄성을 토해냈다.

　"와, 이거 진짜 맛있네요."

　"이것도 괜찮네요."

　그와 음식을 바꿔먹은 사람이 오물거리며 말했다. 그러나 두 사람이 더 관심을 가진 건 한수가 만든 샌드위치였다.

　그럴 만한 이유가 있었다.

　최형진 쉐프가 만든 요리는 훌륭했다. 스테이크 굽기도 예술적이었고 소스도 매콤 달짝지근한 게 확실히 맛이 있었다. 레시피도 꽤 오랜 시간 준비한 것으로 보였다.

　하지만 아쉬운 점도 있었다. 일단 대기 줄이 길다 보니 그만큼 오랜 시간 기다려야 했다는 게 문제였다.

그렇다 보니 스테이크가 조금 식어 있어서 질겼을 뿐만 아니라 감자튀김 같은 경우는 흐물흐물했을 정도였다.

반면에 한수가 만든 샌드위치는 그렇지 않았다. 이 역시 식었지만 질기거나 하는 문제는 없었다. 흐물거리는 것도 없었다. 게다가 한수 푸드 트럭 앞에서 줄지어 늘어서 있던 줄은 최형진 쉐프보다 훨씬 더 빠르게 줄어들고 있었다. 회전율이 그만큼 좋다는 의미였다.

가만히 그 모습을 보던 황 피디가 눈을 빛내며 말했다.

"최형진 쉐프는 쉐프고 한수 씨는 쉐프라기 보다는 외식사업가 수준인데?"

"……무슨 차이예요?"

"최형진 쉐프가 예술가라면 한수 씨는 실용적이라는 거야."

"음, 한수 씨 요리도 되게 맛있던데요?"

"누가 맛이 없대? 둘 다 맛은 있어. 관건은 이곳이 레스토랑이냐 푸드 트럭이냐 하는 거지."

"이곳은 당연히 푸드 트럭이죠."

"그래. 그래서 한수 씨 요리가 더 강점이 있다는 거야. 최형진 쉐프는 쉐프의 고집을 포기 못 했어. 어설프게 플레이팅을 해서 내어가는 건 싫다는 거야. 그러니까 저렇게 예쁘게 담은 거고. 문제는 저렇게 플레이팅을 하는 건 최형진 쉐프만 가능하니까 시간이 오래 걸릴 수밖에 없는 거야. 하다못해 저 두 명이 평소 최형진 쉐프하고 함께 손발을 맞춰본 쉐프들이었으면 달랐겠지만…… 그런 점에서는 최형진 쉐프한테 페널티가 있는 셈이지."

황 피디가 상황을 분석했다.

최형진 쉐프는 한수보다 약간의 페널티를 안고 경쟁하고 있는 셈이었다.

그가 다른 두 명과 손발이 썩 잘 맞지 않는 반면, 한수는 서현 그리고 승준과 오랜 시간 일해 본 것처럼 능숙하게 움직였기 때문이다.

그것은 아마도 「무엇이든 만들어드려요」를 촬영하면서 함께 일한 노하우가 있기 때문일 터였다.

"뭐 중요한 건 그게 아니야. 어디까지나 이건 사전 이벤트고 이걸로 경쟁하려기 보다는 말 그대로 프로그램 이름처럼 움직이게 해야 돼. 그러려면 인터뷰를 따내는 게 관건이고."

황 피디는 설문조사 이후 개중에서 진솔된 의견을 적어준 몇몇 대학생을 상대로 개별 인터뷰를 진행할 생각이었다. 그리고 개중에서 몇몇은 편집 후 방송을 타게 될 것이다.

그래도 첫 사전 이벤트는 반응이 훌륭했다.

이곳 주변에 모여든 구름 같은 인파를 생각해 보더라도 그러했다.

그 모습을 보던 이유영 작가가 한숨을 내쉬었다.

"「싱 앤 트립」 시즌2도 빨리 찍고 싶네요."

"한수 씨가 시간을 낼 수 있을까? 그 게임 팀에서도 한수 씨를 데려가고 싶어 하던 눈치던데?"

"예? 그게 뭔 말이에요?"

"아, 한수 씨가 게임도 잘하더라고. 한번 알아보니까 실력이 웬만한 프로 못지않다던데?"

"……진짜예요? 도대체 한수 씨는 못하는 게 뭘까요?"

"하나 있잖아. 연기."

"……조만간 그 연기도 잘하게 될 거 같은데요?"

두 사람은 경이로운 눈빛으로 한수를 바라볼 수밖에 없었다.

신촌역 앞에서 진행한 촬영이 끝났다. 그들이 준비했던 100인분의 요리는 모두 완판됐다.

최형진 쉐프가 한수에게 다가와서 말했다.

"전략 좋았어. 이번엔 내 패배야."

"예? 둘 다 완판인데 패배가 어딨어요. 그리고 손님들이 맛있게 먹었으면 된 거죠."

"너 지금 「쉐프의 비법」에서 내가 자주 하던 말 따라 하는 거야?"

「승패는 중요하지 않다. 나는 오로지 손님을 위해 요리를 만든다.」

평소 「쉐프의 비법」에서 최형진 쉐프가 자주 하던 말이었다.

한수가 웃으며 말했다.

"그러고 보니 그렇게 되네요?"

"됐고. 그 쿠반포크 샌드위치는 어떻게 하다가 생각한 거냐?"

"영화 봤거든요. 「아메리칸 쉐프」. 최형진 쉐프님도 본 적 있죠?"

"아, 그 영화? 봤지. 보고 나서 바로 파스타 하나 해 먹었을 정도였어. 그 영화 보고 만들어낸 거구나. 그런데 어떻게 레시피를 그렇게 빨리 뽑아냈어?"

소스에 들어갈 비율을 알지 못한다면 영화를 봤다고 해도 그것을 원형 그대로 만들어내는 건 불가능한 일이다. 그렇기 때문에 꽤 오랜 시간 공을 들여야 하는데 한수는 며칠 안 되는 시간에 금방 만들어낸 것이다.

「무엇이든 만들어드려요」에 나와 세계 곳곳의 요리를 만들어내는 걸 보긴 했지만, 영화에서 본 요리를 그대로 재현해냈다는 것도 신기하긴 했다.

"할 줄 아는 요리였거든요."

"그래? 어쨌든 맛있더라."

최형진 쉐프는 이번 이벤트 매치가 끝나고 한수가 만든 샌드위치를 맛보았고 깜짝 놀랄 수밖에 없었다.

진짜 영화를 보고 느꼈던 그 맛이 그대로 전달되는 듯했다.

그랬기에 아쉬움이 더 남았다.

이 정도 요리할 줄 아는데 한수는 쉐프가 되고 싶어 하는 것 같지 않았기 때문이다.

"너 진짜 쉐프할 생각 없어?"

"예."

"⋯⋯하긴 이제 와서 쉐프하라고 하는 것도 웃기긴 하네."

최형진 쉐프가 고개를 절레절레 저었다.

한수가 축구 선수로 뛰며 번 돈이 얼마인가? 그런 그에게 쉐프를 하라고 하는 게 웃긴 일이다. 한수가 레스토랑을 차린다면 손님들은 많이 몰려들겠지만, 굳이 그가 그런 수고로움을 감수한 채 레스토랑을 차릴 필요는 없어서다.

그래도 한 번쯤 한수가 차린 레스토랑을 찾아가서 요리를 주문해 먹고 싶은 마음은 있었다.

승기기 지역에 차렸던 「무엇이든 만들어드려요」 레스토랑처럼 진짜 주문하는 요리는 무엇이든 만들어줄지 궁금했기 때문이다.

아마 최형진 쉐프처럼 많은 사람이 그것을 궁금해하고 있을 터였다.

신촌역에서의 첫 촬영이 끝난 뒤 반응은 호의적이었다.

끼니도 거르고 등교하던 학생들은 두 사람이 만들어준 요리를 먹고 든든하게 배를 채울 수 있어서 고맙다고 SNS에 인증샷과 함께 글을 남겼다. 그러면서 각종 포털사이트 연예란에 기사가 여러 차례 뜨기도 했다.

황 피디는 한수와 최형진 쉐프 두 사람과 함께 이어서 촬영할 장소를 모색하기 시작했다.

두 사람이 이야기한 장소는 똑같았다.

병원이었다. 그들이 촬영 중인 프로그램의 제목은 「힐링 푸드」였다. 그들은 방송을 찍으면서 이것으로 후원금도 모금할 생각이었다. 그리고 그 돈은 그들이 촬영한 곳에 기부할 예정이었다.

"음, 그럼 미리 섭외했던 곳에 연락해 볼게요. 그리고 하나 생각해 둔 게 있는데…… 괜찮을까요?"

"예, 문제 되는 건 없어요. 조금 덥긴 하겠지만요."

아직 해가 쨍쨍한 7월이다.

무진장 더울 게 분명했다. 그래도 방송의 재미를 위해서는 어쩔 수 없는 일이었다.

그렇게 협의를 거친 뒤 그들은 푸드 트럭을 타고 미리 촬영 섭외가 되어 있던 병원으로 향했다. 이곳에서 조금 멀리 떨어진 위치에 있는 병원이었다.

푸드 트럭을 타고 이동하면서 한수가 고민에 잠겼다. 그들이 두 번째로 촬영하기로 한 장소는 서울역 인근에 있는 아동 병원이었다.

한수는 푸드 트럭 안에 있는 장비들을 점검했다. 웬만한 건 전부 다 갖추고 있었다.

그가 서현과 승준, 두 사람을 보며 물었다.

"애들도 이 샌드위치를 좋아할까?"

"당연히 좋아하지."

"좋아할 거 같은데요?"

"소비층이 바뀌었잖아. 대학생들은 이 샌드위치가 낯설지 않았을 거야. 자주 먹는 거니까."

"그렇겠죠?"

"그런 걸 생각해 보면 애들한테는 샌드위치보다는 햄버거가 더 어울리지 않을까?"

"햄버거요? 햄버거 빵을 사 오는 건 문제가 아닌데…… 진짜 바꾸게요?"

한수가 고개를 끄덕였다.

"나는 그게 더 맞을 거 같아. 보통 아이들은 햄버거를 밥보다 더 좋아하잖아. 그 대신 건강에 좀 더 좋은 햄버거로 만들고 싶어."

"건강에 좋은……"

아동병원에 입원해 있는 아이들이다. 햄버거이긴 하지만 몸에 좋은 햄버거를 해주고 싶었다.

"그럼 속 재료도 바꾸려고요?"

"아니, 패티는 그대로 가져가되 채소를 조금 더 많이 넣어야지. 그리고 애들 입맛에 맞춰서 소스를 조금 바꾸면 될 거야."

그와 함께 한수는 즉석에서 레시피를 수정하기 시작했다. 그들과 함께 이동하고 있던 카메라맨은 그 모습을 보며 가볍게 탄성을 토해냈다.

확실히 한수는 대단했다. 즉석에서 이렇게 레시피를 수정할 줄은 생각지도 못한 일이었다.

그것도 전부 다 손님들을 위한 것이었다. 아무래도 아이들이 보기에는 햄버거가 세상에서 가장 맛있는 음식일 테니까.


잠시 뒤, 그들을 태운 푸드 트럭이 서울역 인근에 있는 아동병원에 도착했다. 그러나 카메라를 든 스태프들이 멀찌감치 빠졌다.

황 피디가 아까 전 원한 건 이번 촬영을 관찰 예능으로 찍고 싶다는 것이었다. 즉, 방송국에서 촬영 나온 프로그램이라는 걸 알리지 않고 애들이 보여주는 반응을 날 것 그대로 보여주고자 했다.

그러는 사이 몇몇 스태프들은 인근 마트로 뛰었다. 한수가 요구한 햄버거 빵을 사갖고 오기 위해서였다. 황 피디는 뒤늦게 이야기를 듣고는 감탄을 토해냈다.

"확실히 한수 씨는 감각이 있어. 나중에 장사해도 충분히 성공할 거야."

레시피를 바꾸는 건 쉬운 일이 아니다.

애초에 이번 요리는 치아바타를 생각하고 준비했을 텐데 그 와중에 빵을 바꾼다는 건 어떻게 보면 무리수에 가까울 수도 있었다.

그래도 한수이기 때문에 그는 무언가 다른 모습을 보여줄 것이다, 라고 기대할 수 있었다. 그러는 사이 출연자들은 마스크를 쓴 채 요리를 준비하기 시작했다.

황 피디는 이번에는 아예 그들이 연예인인 걸 사람들이 모르게끔 하고 싶었다. 원래 이런 상황은 끝까지 모르고 있다가 뒤늦게 알게 될 때 그 카타르시스가 더하기 때문이다.

실제로 몰래카메라도 이런 걸 노리고 제작되는 것이었다. 그리고 황 피디가 보기에는 충분히 먹혀들 가능성이 있어 보였다.

그렇게 서울 아동병원 앞에 두 대의 푸드 트럭이 나란히 섰다. 사람들이 하나둘 호기심을 가지고 푸드 트럭 주변을 두리번거리기 시작했다. 마스크를 쓰고 두건을 쓴 채 열심히 요리를 준비 중인 사람들이 보였다.

그들 중 몇몇이 용기를 내어 물었다.

"얼마에요?"

"판매하는 용도는 아닙니다."

"그러면요?"

"이곳 아동병원에 입원 중인 아이들을 위해서 온 거라서요. 죄송합니다."

솔솔 풍기는 맛있는 냄새에 사람들이 하나둘 몰려들었다가 그들 이야기에 누구는 아쉬워하며, 누구는 불만을 토로하며 떠나갔다.

그렇지만 좋은 일에 쓰인다는데 그걸 가지고 뭐라 할 수는 없는 일이었다. 그리고 두 팀 모두 요리 밑 준비를 끝냈다.

어느덧 시간은 12시 정오를 가리키고 있었다. 황 피디는 병원장에게 연락을 취했다.

하나둘 병색이 짙은 아이들이 병실을 나와서 푸드 트럭 앞으로 다가왔다.

간호사가 하는 이야기가 들렸다.

"오늘은 병원장님이 특별히 너희들을 위해 맛있는 요리를 준비했단다."

아이들은 하나둘 푸드 트럭 앞에 모여들었다. 보호자들이 그 옆을 쫓는 동안 두 팀이 본격적으로 요리를 시작했다.

그리고 두 팀이 만든 요리가 하나둘 아이들에게 전달됐다. 실히 아이들 눈을 잡아끈 건 한수가 샌드위치 대신 선택한 햄버거였다.

아이들에게 햄버거는 최고의 외식이었다. 거기에 오랜 시간 준비해서 만든 수제 패티에 아이들이 좋아할 만한 소스를 뿌린 만큼 반응이 나쁘려야 나쁠 수가 없었다.

그때 한 아이가 한수를 빤히 쳐다보며 중얼거렸다.

"나 이 아저씨 어디서 본 거 같은데……."

한수가 다른 두 명을 쳐다봤다.

승준이 한수의 마스크를 가리켰다.

"형, 마스크 내려갔어요."

정신없이 일하는 바람에 마스크가 벗겨진 상태였다.

아이들을 위한 음식이라 신경 쓸 게 많다 보니 한수는 마스크가 벗겨진 것도 모른 채 일하고 있었다.

그는 다시 마스크를 썼다. 그리고 재차 일을 거듭했다.

순식간에 1시간이 지나갔다. 그동안 정말 많은 아이가 두 팀이 만든 음식을 가지고 갔다.

개중에서 반응이 더 좋았던 건 역시 햄버거였다.

그럴 수밖에 없었다. 아이들이 가장 좋아하는 음식은 햄버거다.

일단 겉모습부터 한수가 승기를 잡는 데 도움이 되어준 셈이다.

최형진 쉐프가 만든 음식은 플레이팅이 아름답게 되어 있긴 했지만, 문제는 아이들이 먹는 게 햄버거보다 불편하다는 게 문제였다.

젓가락이 아니라 포크를 나눠줬다면 더 나았을지도 몰랐다.

최형진 쉐프도 그것을 못내 아쉬워했다. 그렇게 한 시간에 걸친 촬영이 끝난 뒤 한수 팀과 최형진 팀이 병원 앞에 모였다.

이미 적잖은 사람들이 이곳에 몰려 있었다.

그들은 SNS나 기사를 통해 오늘 요리한 사람이 누군지 알고 있었다. 반면에 아이들은 여전히 그들이 누군지 모르고 있었다.

그때 황 피디가 승패를 집산했다. 이번 대결의 향방은 뻔했다.

아이들 입맛에 맞으면서 또 아이들이 가장 좋아하는 햄버거 형태로 레시피를 바꾼 한수의 승리였다.

최형진 쉐프 팀이 먼저 마스크를 벗었다. 아이들이 눈을 휘둥그레 떴다.

"어? 허 쉐프다!"

"허 쉐프?"

최형진은 아이들의 말에 너털웃음을 흘렸다. 허 쉐프는 허세와 쉐프가 결합된 단어로 평소「쉐프의 비법」에서 자주 허세를 부리는 그에게 붙여진 별명 같은 것이었다.

이번에는 한수 팀이 마스크를 벗었다. 아까 전보다 더한 환호가 터져 나왔다.

"우와, 강한수 맞지?"

"거봐. 내가 아까 어디서 본 거 같다고 했잖아!"

"아저씨! 축구 보여줘요!"

"저도요!"

그들이 한수에게 열광하는 이유는 다른 게 아니었다. 한수가 프리미어리그 그리고 챔피언스리그에서 뛰는 걸 봤기 때문이다. 아이들에게 한수는 박유성에 버금가는 영웅이었다.

실제로 남자아이들 대부분 축구를 좋아하기도 했다. 그렇게 아이들과 어울려 놀면서 최형진 쉐프는 직접 요리하는 방법을 보여줬고 한수는 축구공을 트래핑하며 마치 마술사 같은 모습을 보여줬다.

아이들은 그런 한수를 따라다니며 어떻게 해야 그게 가능한지 묻고 있었다. 병원장이 그 모습을 보며 흐뭇한 미소를 지었다.

"황 피디님, 이렇게 좋은 시간을 내주셔서 감사합니다."

"제가 한 게 뭐가 있나요? 이게 다 우리 출연자분들께서 해주신 일이죠."

"아이들이 저렇게 즐거워하는 모습은 정말 오랜만에 보는 거 같습니다."

"그런가요?"

"예. 병마와 싸우다 보면 다들 그늘지기 마련이죠. 바깥에 나가서 조금 뛰어놀자고 해도 싫어하고 그럽니다. 그런데 오늘은 누구나 할 거 없이 뛰어노는 걸 보면 이게 다 한수 씨 덕분인 거 같습니다."

"정말 대단한 사람이죠."

"그렇죠. 누가 한국인이 챔피언스리그 결승전에서 뛰며 우승컵을 들어 올릴 거라고 생각이나 했겠습니까? 그런 점에서 박유성 선수가 여러모로 아쉽긴 하죠."

"하긴 정작 우승할 때는 명단에 들지 못했으니까요."

황 피디가 고개를 끄덕였다. 맨체스터 유나이티드가 우승할 때는 결승전 명단에 들지 못했다.

그렇다 보니 그동안 정말 맨체스터 유나이티드를 위해 헌신적으로 뛴 박유성을 선발은커녕 벤치 멤버로도 기용 안 한 것이냐는 반발이 꽤 있었다.

그때 전화가 걸려왔다. 황 피디가 발신 번호를 보고는 두 눈을 휘둥그레 떴다.

"잠시 전화 좀 받겠습니다."

"편하실 대로 하셔도 됩니다. 전 아이들이 뛰어노는 걸 좀 더 보겠습니다."


한수는 한창 아이들과 공놀이 중이었다. 한수가 보여주는 볼 트래핑을 보며 아이들은 연신 감탄을 토해냈다.

분명 하늘 높이 치솟았는데 한수 발끝에 딱 하고 멈추는 공을 보며 아이들이 감탄을 토해냈다.

"우와, 어떻게 하는 거예요?"

"방법이 있어요?"

발끝으로 톡톡 공을 차던 한수는 이번에는 발뒤꿈치로 공을 차올렸다. 그러면서 또 어떨 때는 자리에 앉아 공을 번갈아 다루는 모습을 보여주기도 했다.

그럴 때마다 박수갈채가 터져나 왔다. 서현은 자리에 앉아 그 모습을 빤히 보고 있었다.

뭐에 홀린 듯 한수를 바라보던 서현을 보고 승준이 그녀를 쿡쿡 찔렀다.

"뭐야?"

"누나, 뭘 그렇게 열심히 봐요?"

"뭐, 뭐? 내가 뭘 봤다고 그래?"

"계속 한수 형 보고 있던 거 아니에요?"

"……그냥 저 트래핑이 신기해서 그래."

"정말요?"

"너 진짜 죽을래?"

"……왜 그렇게 화를 내세요?"

"됐어."

승준을 노려보던 서현은 다시 한수를 바라보기 시작했다. 아이들과 함께 웃고 떠들며 놀아주고 있는 한수의 모습이 눈 부시게 빛나고 있었다.

그때였다.

웬 정체불명의 어둠이 그 옆을 침범했다. 그건 황 피디였다.

서현이 눈매를 좁혔다. 그때 한수에게 뭐라 뭐라 말하던 황 피디가 휴대폰을 건네는 게 보였다.

휴대폰을 건네받은 한수의 표정은 감격에 기쁜 듯 보였다.

"도대체 누구한테 전화가 왔기에 저러는 거야?"

"글쎄요. 혹시 한수 형이 평소 좋아하던 여배우 아닐까요?"

"뭐? 너 진짜 죽을래?"

"아니, 왜요. 그럴 수도 있죠."

"……아닐 거야. 아마 아닐 거야."

서현이 고개를 세차게 저었다. 그러다가 문득 권지연이 생각 났다.

혹시 그녀가 연락을 해온 걸까? 머릿속이 잔뜩 헝클어졌다.

서현 생각과 달리 한수가 전화를 받자마자 감격한 이유는 따로 있었다.

그에게 전화를 한 건 다름 아닌 박유성이었다. 맨체스터 유나이티드에서 주전으로 뛴 프리미어리거로 그의 위상은 국내에서도 견줄 사람이 없을 만큼 엄청 대단했다.

특히 2002년 월드컵에서 대한민국 국가대표팀이 채운 4강 성적은 절대 범접할 수 없는 영역에 속해있었다.

"예, 강한수 맞습니다."

-반가워요. 예전부터 연락하려 했는데 연락처를 알아야 할 수 있어서. 하하, 그리고 맨체스터 시티 선수한테 제가 연락하는 것도 조금 어색하기도 하고요.

"아뇨. 전 괜찮습니다."

-농담이에요, 농담. 그건 그렇고 황 피디님하고 촬영 중인 게 사실인가 봐요?

"아, 예. 「힐링 푸드」라고 함께 촬영 중입니다."

-제목부터 듣기 좋네요. 어떤 방송인지는 황 피디님에게 전해 듣긴 했어요. 저도 한수 씨가 만든 요리를 한번 먹어보러 가고 싶네요.

"아무 때나 와주세요. 박유성 선수를 위해서라면 언제든 만들어드려야죠."

-하하, 고마워요. 그보다 오늘 연락한 건 다른 이유가 있어서예요.

"예? 다른 이유요?"

-제가 드림컵이라고 하는 거 알고 있죠?

드림컵.

박유성이 매년 여는 대회의 이름이다. 연예인도 출연하고 은퇴한 축구선수도 나오고 시즌이 시작하기 전 현역으로 뛰는 축구선수도 종종 나오곤 한다.

한수도 재작년 드림컵 대회를 본 적이 있다. 그리고 실제로 저 무대에서 뛰어보고 싶다는 생각을 해본 적도 있었다.

"아, 예. 알고 있죠. 당연히 알죠."

-혹시 한수 씨가 이번에 하는 드림컵에 나와 줄 수 있나 해서요. 시즌 개막이 8월 중순이라 7월 말에 열릴 예정이거든요. 가능할까요? 물론 이게 다 어린아이들을 위해 하는 자선경기다 보니까 출연료 같은 건 줄 수 없어요. 좋은 의미에서 하는 거니까…….

"당연히 참가해야죠. 평소 제가 박유성 선수 팬이었습니다. 무조건 참가하겠습니다."

-제 팬이라고 하기에는…… 맨체스터 시티에서 뛰었잖아요?

"그건 노엘…… 어쨌든 아무 때나 연락 주십시오."

-그러면 제가 운영 중인 트위터하고 각종 SNS에 올려도 될까요? 강한수 선수도 이번 드림컵에 뛰기로 했다고요. 이래저래 홍보가 되어줄 것 같아서요.

"예. 문제없습니다. 아, 그리고 제가 아는 몇몇 친구한테 참가 가능한지 한번 물어볼까요?"

-시즌 개막이 얼마 안 남아서…… 뛸 수 있을까요?

"제가 한번 만수르 왕자님한테 편의를 구해보겠습니다."

-……역시 스케일이 남다르네요. 하하, 잘 좀 부탁할게요.

한수가 웃으며 대답했다.

"예. 저야말로 이렇게 연락 주셔서 감사합니다. 그리고 제 연락처 불러드릴게요. 제 연락처는……."

통화를 끝낸 뒤 한수는 휴대폰을 다시 황 피디에게 건넸다.

황 피디가 그런 한수를 보며 넌지시 물었다.

"굳이 드림컵에 뛰려는 이유가 있어요?"

"많은 아이를 도울 수 있는 대회잖아요. 그것만으로 충분한 거 아니에요? 황 피디님이 이번 프로그램을 찍는 이유하고 비슷하다고 보는데요?"

"……우문현답이네요."

황 피디가 멋쩍게 웃었다. 사실 그는 「힐링 푸드」말고 더 좋은 아이템도 많았다.

정 아니면 이미 시청률이 대박 났던 「무엇이든 만들어드려요」나 「싱 앤 트립」 시즌2를 찍어도 된다.

기본 이상은 해줄 테니까.

그런데도 황 피디가 「힐링 푸드」를 고른 이유는 별거 아니었다.

그동안 받은 사랑을 돌려주고 싶다는 생각에서였다.

그리고 그 돌려주고 싶은 상대는 소외 받고 아픈 이웃 사람들이었다.

이 작은 움직임이 더 많은 사람에게 퍼져나가는 모습을 원해서이기도 했다.

그렇지만 처음부터 반발이 심했다. 방송국에서도 마찰을 빚었다.

그동안 황 피디가 연출했던 프로그램이 죄다 죽을 쒔던 것도 있고 출연료가 미미한 수준이다 보니 웬만한 톱스타들은 출연을 꺼렸기 때문이다.

그런 점에서 황 피디는 한수가 이번 프로그램에 출연해 준 것을 정말 고맙게 느끼고 있었다.

그가 나온다고 한 뒤 최형진 쉐프와 김서현, 이승준 세 사람도 나오기로 결심을 굳혔으니까.

그리고 생각보다 「힐링 푸드」는 좋은 반응을 얻고 있었다. 삭막하고 힘든 현실에서 이 「힐링 푸드」를 통해 적잖은 위로를 얻고 있다는 의미였다.

황 피디는 그제야 한결 마음의 짐을 덜 수 있었다. 설령 시청률이 잘 나오지 않는다고 해도 상관없었다. 지금 그가 만드는 작은 물결이 커다란 물결이 되어 퍼지길 바랄 뿐이었다.


한편 전화 통화를 끝낸 뒤 한수는 서현과 승준에게 돌아왔다.

서현이 한수를 보며 물었다.

"누구 전화였어?"

"어?"

"누구야? 어떤 여배우야? 아니면…… 지연이야?"

"무슨 소리야? 박유성 선수였어."

"뭐? 박유성 선수가 왜?"

"이번 달 말일에 드림컵을 개최하는데 선수를 모집 중이라고 하시더라고. 그래서 나보고 나와줄 수 없냐고 하기에 나간다고 흔쾌히 대답했지."

"……아."

서현이 얼굴을 새빨갛게 물들였다. 승준은 그 말에 쿡쿡 웃음을 터뜨렸다.

그러는 사이 슬슬 촬영이 끝나갈 기미를 보였다.

다들 촬영을 끝내기 전 모일 때였다. 승준이 서현의 등을 억지로 밀었다.

서현이 눈살을 찌푸렸다.

"아, 누나! 지금 해야 한다니까요?"

"너 진짜. 또 장난치는 거지?"

"진짜 이 멘트 한 방이면 남자들 껌뻑 넘어간다고요!"

"……."

"무슨 일인데 그래?"

소란스러움에 한수가 두 사람을 번갈아 보며 물었다. 그때 서현이 한수를 보며 말을 꺼냈다.

"촬영 끝나고 바빠?"

"응? 아니. 바쁜 일 없는데. 왜?"

"……우리 집에서 라면 먹고 갈래?"

"뭐?"


한수는 서현에게 두들겨 맞고 있는 승준을 쳐다봤다. 방금 전까지만 해도 그는 서현 말에 깜짝 놀랄 수밖에 없었다.

「라면 먹고 갈래?」는 인터넷 방송 스트리머가 유행시킨 신조어였다.

원조는 영화 「봄날은 간다」의 명대사다. 그것을 인터넷 방송 스트리머가 유행시켰고 그 이후 예능프로그램에서 또 한 번 화제가 되며 사람들에게 널리 알려지게 됐다.

주로 썸을 타는 사이에서 직접적으로 대시할 때 쓰이는 용어인데 그 속뜻은 성관계를 내포하고 있다. 군입대 전까지만 해도 인터넷 방송을 즐겨보던 한수였기 때문에 그 의미를 잘 알고 있었다.

하지만 서현이 자신한테 그런 말을 꺼낼 줄은 상상도 못 했다. 물론 서현이 정말 예쁘고 몸매도 좋고 연기도 잘하는 여배우인 건 맞지만, 아직 한수는 그녀하고 이렇다 할 썸은커녕 이성적인 접촉은 거의 없는 편이었기 때문이다.

그러나 한수는 뒤늦게 왜 서현이 이런 말을 한 건지 알 수 있었다. 서현이 그런 말을 꺼낸 건 승준이 했던 말 때문이었다.

한수와 보다 더 가깝게 지내고 싶다는 서현 이야기에 승준이 조언을 건넸고 그 조언으로 「우리 집에서 라면 먹고 갈래?」라는 멘트를 건네라고 한 것이었다.

"아, 아니! 저는 누나가 당연히 그 속뜻을 아는 줄 알았죠!"

"죽어! 이 말미잘 같은 놈아! 죽으라고!"

서현이 계속해서 승준을 두들겨 팼다. 승준은 몸을 둥글게 만 채 아무런 저항도 하지 못했다.

촬영이 끝난 직후였기 때문에 황 피디는 왜 저들 둘이 저렇게 다투는지 알지 못했다.

그가 한수에게 다가와서 물었다.

"한수 씨, 무슨 일 있어요?"

"아. 별일 아니에요. 신경 안 쓰셔도 돼요."

"……그래도 꽤 과격해 보이는데요? 서현 씨가 저렇게 화내는 건 처음 보는 듯한데."

"글쎄요. 승준이가 맞을 짓을 하긴 했거든요."

한수가 어색하게 웃었다.

황 피디는 아리송한 얼굴로 두 사람을 쳐다봤다.

그렇게 한참 승준을 두들겨 패던 서현이 한수를 힐끗 바라봤다.

그녀의 얼굴은 새빨갛게 달아올라 있었다. 벌겋게 익은 게 프라이팬을 올리면 금세 계란이 익어버릴 것 같았다. 그 정도로 그녀는 민망해하고 있었다.

그런 서현을 보며 한수가 물었다.

"서현아, 오늘 바빠?"

"어? 그, 그게…… 아니, 바쁜 건 아닌데. 라, 라면 먹으러 가자는 건……."

"승준아, 너도 바쁘냐?"

"아뇨. 저야 늘 스케줄이 없어서 허덕이죠."

승준이 씩씩하게 웃어 보였다. 한수가 두 사람을 보며 말했다.

"그러면 오늘 우리 집 집들이나 하러 갈까?"

"집들이요? 아, 형 이사했다고 했죠?"

"응. 시간 괜찮으면 집들이하고 가는 건 어때? 내가 맛있는 요리 만들어줄게."

"나는 갈래! 너는…… 안 와도 되고."

수줍어하던 서현이 냉큼 대답했다. 승준이 씨익 웃으며 말했다.

"그럼 안 되죠. 이상한 스캔들 나면 어떻게 하려고요? 저도 갈게요."

서현이 눈매를 좁혔다. 그것도 잠시 그녀는 매니저에게 이야기하려는 듯 매니저에게 다가갔다.

승준도 매니저와 상의를 하고 있었다. 그러는 사이 한수는 곰곰이 고민을 거듭했다.

또 누구를 초대하면 좋을까 하는 생각이 들었다. 이왕이면 더 많은 사람에게 자신이 만든 요리를 대접하고 싶었다.

최형진 쉐프는 가족들과 저녁을 먹어야 한다고 해서 초청하지 못했다.

황 피디와 유 피디, 그리고 이유영 작가는 편집과 다음 촬영 준비 때문에 바쁜 듯 보였다.

그럴 때 황 피디가 한수를 보며 말했다.

"한수 씨, 박유성 선수를 한번 초대하는 건 어때요?"

"예? 박유성 선수를요? 그게 오늘 처음 통화한 데다가 개인적인 친분은 전혀 없어서……."

"그래도요. 저도 박유성 선수하고 몇 차례 만나봐서 알지만 정말 좋은 사람이에요. 친해진다고 해서 나쁠 일은 없을 거예요. 혹시 모르잖아요. 초대해 봐요."

"음, 알았어요."

한수는 아까 전 받아둔 박유성 선수에게 전화를 걸었다. 신호음이 몇 차례 가고 박유성이 전화를 받았다.

-아, 한수 씨. 무슨 일 있어요? 혹시 드림컵 참가가 불가능해서인가요?

"예? 아니요. 그럴 리가요. 드림컵은 무조건 뛸 겁니다."

-다행이네요. 혹시 한수 씨가 못 뛴다고 하면 어쩌나 했어요.

"그럴 일은 절대 없을 겁니다. 걱정하지 않으셔도 됩니다."

-그럼 어떤 일로 전화하신 건가요?

"다른 게 아니라 오늘 아는 사람 몇몇하고 집들이를 할까 하는데 시간이 되신다면 한번 와주실 수 있나 해서요. 아까 전 제가 맛있는 요리를 대접해 드린다고 했는데 까먹기 전에 해드리고 싶어서요."

-정말요? 괜찮으시겠어요?

"예, 그럼요. 저야말로 영광이죠."

-좋아요. 그런데 지금 한국에 친구 한 명이 놀러 와 있는데 이 녀석도 같이 데려가도 될까요? 입맛은 전혀 까다롭지 않으

니까 걱정하지 않아도 될 거예요.

　박유성의 친구라는 말에 순간 그 남자가 생각났다.

　그러나 한수가 알기로 그는 지금 올림피크 마르세유에서 뛰는 걸로 기억하고 있었다.

　아직 시즌이 시작하려면 시간이 조금 남아 있긴 하지만 한국에 들어와 있는 것일까?

　한수는 흔쾌히 대답했다.

　"예. 물론이죠. 그럼 세 분이 오시는 건가요?"

　-아, 제 아내는 지금 친정에 가 있어요. 저하고 제 친구, 두 명만 갈게요. 주소 좀 찍어주세요. 언제까지 가면 될까요?

　"음, 오후 여섯 시까지 와주시면 될 거 같습니다. 준비할 시간이 조금 필요해서요."

　-좋아요. 친구 녀석이 한수 씨 집들이에 초대됐다고 하니까 엄청 즐거워하네요. 하하. 이따가 봐요. 그리고 초대해 줘서 진짜 고마워요.

　한수는 전화를 끊었다.

　한때 박유성은 그의 우상이었다.

　쟁쟁한 프리미어리거들을 제치고 프리미어리그에서 뛰는 그는 때마침 그 시기 프리미어리그를 보기 시작한 한수에게 최고의 선수였다.

　황 피디가 싱글벙글 웃는 한수를 보며 물었다.

"유성 씨는 온대요?"

"예, 오신다네요."

"역시 그럴 줄 알았어요. 유성 씨가 거절할 리가 없죠."

"예?"

"하하, 왜 놀래요? 한수 씨가 부른다면 누구나 가고 싶어 할 걸요?"

"……황 피디님은 정작 안 오시잖아요."

"저야 직장에 매여 있는 신세라 그런 거죠. 제가 직장에 매여 있지만 않았어도 당장 날아갔을 거예요. 윤환 씨한테도 한 번 전화 걸어 봐요. 윤환 씨도 바로 간다고 할걸요?"

한수가 고민에 잠겼다. 그것도 잠시 그는 윤환에게 전화를 걸었다.

그리고 자초지종을 설명했을 때 윤환이 버럭 소리쳤다.

-인마! 그런 일이 있었으면 바로 날 초대했어야지! 설마 날 안 부르려고 했던 건 아니겠지?

"아, 아니요. 그럴 리가요."

-이사 갔다는 말도 안 하고 말이야. 몇 시까지 가면 된다고?

"오후 여섯 시 정도? 박유성 선수도 그때 친구분과 같이 오 기로 했거든요."

-알았어. 이따가 보자. 꼭 가마.

한수는 전화를 끊은 뒤 머리를 긁적였다. 황 피디가 그런 한수를 보며 미소를 지었다.

"봤죠? 지금 한수 씨는 엄청난 셀레브리티라고요. 다만 한수 씨가 친분이 좁은 것 때문에 그걸 제대로 실감하지 못하는 것뿐이에요."

한수가 고개를 갸웃거렸다.

"친분이 좁은 거 때문에요?"

"한수 씨, 연예계에서 친하게 지내는 사람 몇 명이나 있어요?"

"어, 글쎄요."

한수가 손가락으로 사람 수를 헤아려보기 시작했다. 연예인 중에서 한수가 친하게 지내고 있는 사람은 몇 명 되지 않았다. 기껏해야 함께 촬영했던 사람들 몇몇이 전부였다.

좁고 깊게 친분을 유지하고 있던 셈이다.

"진짜 몇 명 안 되네요."

"근데 저는 그게 나쁘다고 생각 안 해요. 굳이 많은 사람과 친하게 지낼 필요는 없어요. 그럴 바에는 깊고 좁게 파고 들어가더라도 몇몇 사람과 깊은 교우관계를 유지하는 게 더 낫다고 생각하거든요."

"조언 감사합니다, 피디님."

"하하, 그래야 한수 씨가 다른 피디하고는 같이 일 안 할 거 아니에요. 그래서 밑밥 까는 것도 있어요."

능글맞은 황 피디를 보며 한수는 환하게 웃어 보였다. 그리고 그는 재차 연락처를 살폈다.

이왕이면 더 많은 사람을 초대하고 싶었다.

그러나 「자급자족 in 정글」팀 같은 경우는 현재 해외에서 프로그램 촬영 중이었다.

그렇다 보니 그들 전부 다 초대하기 불가능했다.

그래도 지연은 초대할 수 있었다. 그리고 또 한수를 「쉐프의 비법」에 나오게 한 장희연도 초대했다. 그러나 이게 끝이었다.

생각보다 좁은 인맥에 한수가 인상을 구겼다. 다 합쳐도 일곱 명밖에 되지 않았다.

그러나 한수가 인맥을 더 넓히지 못했던 건 배우 정수아 사건이 적잖은 영향을 미쳤다.

그 사건 때문에 연예인들이 일부러 한수와 거리를 뒀고 그래서 초창기에 많은 사람과 두루두루 친해질 수 없었던 것도 있었다.

그렇지만 일곱 명이라도 초대할 수 있다는 것에 한수는 마음을 놓았다.

황 피디가 그런 한수를 보며 말했다.

"아쉽네요. 한수 씨가 제대로 실력 발휘를 할 텐데 그 요리를 먹지 못한다니…… 많이 억울하네요."

"그러면 연차 내고 오시면 되죠."

"……그럴까요?"

황 피디가 진지하게 고민에 잠겼다. 연차 하루와 한수가 만드는 요리, 그리고 한수의 주변 사람들과 친해질 기회.

무게를 재본다면 당연히 후자가 더 무겁다. 결국 고민하던 황 피디가 한숨을 내쉬었다.

"주소 알려주세요. 회사에 들어가서 본부장님한테 이야기 좀 드리고 갈게요."

"좋아요. 혼자 오실 거예요?"

"예, 이따 봐요."

한수는 페라리를 타고 집으로 향했다. 조수석에는 서현이 타고 있었다. 2인승이다 보니 승준은 함께 오지 못했고 그는 밴을 타고 뒤따라오는 중이었다. 원래는 승준이 조수석에 타고 싶어 했지만, 서현이 도끼눈을 뜨고 노려보자 깨갱거리며 물러날 수밖에 없었다.

하지만 차 안은 어색하기만 했다.

서현은 아까 전 한수에게 말했던 「라면 먹고 갈래?」를 여전히 신경 쓰고 있었고 한수는 서현이 말을 꺼내지 않자 운전에만 집중하고 있었다.

결국 뒤늦게 말을 꺼낸 건 서현이었다.

"아까 했던 말은……."

"알아. 오해 안 하니까 걱정 마."

"그냥 조금 더 친하게 지내고 싶어서 그랬던 거야. 절대 오해 하지 말고. 아역 배우 시절부터 여태껏 단 한 번도 누구하고 사귀어 본 적 없으니까……."

"헐? 진짜?"

한수가 놀란 얼굴로 서현을 쳐다봤다. 서현은 묻지도 않은 말을 늘어놓기 시작했다.

"응. 소속사가 엄청 까다롭거든. 지금 내 필모그래피에 남자 친구는 완전 독이라고. 연애금지령 내려놨어. 뭐, 그것도 있고 또 연기 욕심 때문에 남자친구는 생각해 본 적도 없기도 하 고."

"아하."

그리고 다시 어색함이 감돌았다.

그러는 사이 페라리가 예쁘장하게 생긴 단독주택으로 들어 섰다. 연예인들이 많이 사는 동네였는데 한수가 1년 동안 맨체 스터 시티 선수로 뛰며 받은 연봉 대부분을 쏟아 부어서 구매 한 단독주택이었다.

높은 담벼락과 CCTV가 설치되어 있어서 외부 접근이 차단 되어 있었다. 지하에 있는 차고에 주차를 해둔 뒤 두 사람은 먼저 현관으로 향했다.

"아, 집들이 선물도 못 샀네."

"괜찮아. 다음에 사다 주면 되지."

얼마 지나지 않아 승준이 밴에서 내린 뒤 허겁지겁 달려왔다. 잠깐 안 보인다 했더니 마트에 들린 듯 손에 두루마리 휴지 묶음이 들려있었다.

"짜식, 고맙다."

"별말씀을요. 그런데 집이…… 엄청 좋네요. 얼마나 해요?"

"내 1년 연봉 다 쏟아부었다. 네가 사갈래?"

"……사양할게요."

그리고 집 안으로 들어온 뒤 승준과 서현이 집 안을 둘러보기 시작했다. 대리석 바닥에 큼지막한 거실, 그리고 커다란 냉장고 세 개가 제일 먼저 눈에 들어왔다.

"와…… 무슨 냉장고가 저렇게 많아요?"

"계속 요리 연습 중이거든. 그래서 재료 보관차 사놓은 거야. 무슨 요리든 다 만들 수 있게 계속 연습해 둬야지."

"형, 집 좀 둘러봐도 되죠?"

"응. 서현이하고 같이 둘러봐. 나는 요리 준비 좀 할게."

한수가 요리 준비를 하는 사이 두 사람은 집 안 구석구석을 둘러보기 시작했다.

그러는 사이 시간이 훌쩍 지나갔다. 그리고 오후 여섯 시가 되었다.

한수도 밑 준비를 다 끝내고 이제 요리만 하면 되는 시간이었다. 현관문을 확인해 보니 익숙한 얼굴이 보였다.

박유성이었다.

한수가 문을 열고 마중을 나갔다. 그리고 그는 박유성 선수 옆에 서 있는 친구를 보고 헛웃음을 흘릴 수밖에 없었다.

'진짜 에브라가 올 줄이야.'

생각은 했다.

혹시 그가 올 줄도 모른다고.

그런데 진짜 파트리스 에브라(Patrice Evra)가 올 줄은 생각지도 못한 일이었다.

그는 맨체스터 유나이티드에서 박유성과 함께 뛴 경험이 있었다. 당시 세계 최고의 풀백이라 불리었으며 지금도 그는 올림피크 마르세유에서 뛰며 여전히 전성기 못지않은 왕성한 활동량을 보여주고 있었다.

"반가워요, 한수 씨. 한번 만나보고 싶었어요."

에브라가 능숙한 한국어로 인사를 건넸다. 그동안 박유성 선수와 친형제처럼 친하게 지내서인지 그는 꽤 능숙하게 한국어를 구사하고 있었다.

"한국어를 꽤 잘하시네요?"

"꽤 연습했죠. 음, 한국어로 이야기하려니 어렵네요. 불어?

영어? 어떤 쪽이 더 편하죠?"

아무래도 지금 에브라가 한 말은 여기까지 오면서 준비해 둔 대사인 듯했다.

그 이후 그는 영어와 불어를 섞어가며 이야기를 건넸다.

"불어도 문제는 없지만, 영어로 하죠."

"오케이. 문제없어요. 아, 당신의 활약은 진짜 어메이징했어요. 정말이지 엄청 놀랐다고요."

"고마워요."

"언젠가 당신을 꼭 한번 봤으면 좋겠다고 생각했는데 뜻밖에도 이 친구 덕분에 당신을 만날 수 있게 됐네요."

에브라가 박유성을 툭툭 치며 말했다. 스스럼없이 대화하는 그들 모습을 보며 한수도 환하게 웃었다.

"제 집에 오신 걸 환영합니다. 일단 들어가시죠."

"아, 이거요. 받아요."

그때 박유성이 한수에게 선물을 건넸다.

집들이 선물이었다.

그가 사 온 건 디퓨저였다.

"아내한테 한수 씨 집에 간다고 하니까 이걸 추천해 주더라고요. 마음에 들진 모르겠네요."

"박유성 선수한테 받는 선물인걸요. 당연히 마음에 들죠. 정말 감사합니다."

그때 에브라도 한수에게 집들이 선물을 건넸다. 그가 사 온 건 두루마리 휴지였다.

"이게 전통이라기에 사 왔어요. 괜찮죠?"

"그럼요."

그가 두 사람을 데리고 집 안으로 들어왔다.

거실 소파에 앉아 쉬고 있던 서현과 승준이 두 눈을 휘둥그 레 떴다.

"바, 박유성 선수!"

"에브라? 에브라 맞죠?"

박유성 선수가 올 줄 몰랐던 두 사람이다.

깜짝 놀랄 수밖에 없었다. 게다가 그가 친구로 데려온 사람 은 에브라였다.

텔레비전에서나 볼 수 있는 두 사람 실물을 직접 볼 수 있게 됐다는 것에 그들은 감격스러워하고 있었다.

실제로 승준은 종이와 펜을 찾고 있었다.

"하하, 이따가 사인해 드릴게요. 「왕관의 무게」에 나왔던 분 맞으시죠?"

"예? 저, 저를 아세요?"

"그럼요. 그때 연기 잘 봤어요. 승준 씨 맞죠?"

"와, 영광입니다."

"「하루 세끼」하고 「무엇이든 만들어드려요」 보고 관심 갖고 찾아봤거든요. 그 고양이는 잘 지내요?"

"예, 잘 지내요. 너무 잘 먹어서 걱정이죠. 사료 값이 감당이 안 되고 있어서요."

"하하, 그리고 서현 씨 맞으시죠?"

"처음 뵙겠습니다. 김서현이라고 해요."

"예. 박유성입니다. 이 녀석은 제 친구 에브라예요."

"다들 반갑습니다. 에브라입니다. 저는 바보가 아닙니다."

"어, 그거!"

"맞아요. 이 녀석이 저한테 시킨 못된 장난이었죠. 박유성, 그렇게 좋은 사람 아니에요. 나쁜 사람이죠."

에브라의 유쾌한 농담에 분위기가 한결 밝아졌다. 그러는 와중에 속속 손님이 도착했다.

윤환이 왔고 장희연이 왔다. 홍일점이었던 서현은 장희연이 오자 격하게 반가워했고 한수처럼 해외 축구팬인 윤환은 박유성과 에브라를 보고 실신할 뻔했다.

그렇게 승준과 윤환이 사인을 받겠다고 난리 칠 때 뒤늦게 황 피디와 지연까지 도착했고 모일 사람이 전부 다 모였다.

예쁘장하게 입고 도착한 지연을 보는 서현의 눈빛이 날카로웠지만, 사람들은 지연을 보고 반갑게 맞이했다.

그렇게 다 합쳐도 한수까지 포함해 아홉 명밖에 안 됐지만, 분위기는 대단히 좋았다.

전부 다 에브라 덕분이었다. 그는 서툰 한국어와 영어로 사람들과 어울렸고 그 덕분에 분위기는 여러모로 활기찬 상태였다.

그때 한수가 만든 첫 번째 요리가 테이블 위에 올라왔다.

아뮤즈 부쉬였다.

"와."

테이블에 둘러앉아 있던 사람들이 탄성을 흘렸다. 한수가 준비해서 내놓은 건 굴이었다.

아름답게 빛나는 굴 껍데기 위에 살짝 굴을 익힌 다음 플레이팅해서 내놓은 요리였다.

"⋯⋯한수 씨는 축구선수가 아니었습니까?"

한수가 조리하는 과정을 줄곧 본 에브라였다. 그가 눈을 휘둥그레 떴다.

박유성도 감탄을 토해냈다.

"와, 방송에서 몇 차례 보긴 했는데⋯⋯ 진짜 손수 만들어낼 줄은 몰랐네요."

믿기지 않았다. 방송은 솔직히 말해서 연출이라고 생각하고 있었다.

함께 쫓아간 쉐프들이 보이지 않는 곳에서 돕는 것이라고 여겼다. 실제로 그렇게 말하는 사람들도 여럿 있었다. 그러나 이건 진짜배기였다.

지금 주방에 있는 건 한수뿐이었다.

황 피디가 박유성을 보며 말했다.

"전부 다 리얼이라고 말씀드렸잖아요. 진짜 그 요리 다 한수 씨가 만든 거예요."

"진짜 안 믿었는데…… 말이 안 되네요. 하하."

박유성이 고개를 절레절레 저었다.

그들은 조심스럽게 각자 앞에 놓인 아뮤즈 부쉬를 바라보다가 숟가락으로 떠서 먹기 시작했다. 적당히 익힌 굴이 무슨 버터처럼 목을 부드럽게 타고 흘렀다.

그러면서 순식간에 사라졌는데 순간 꿈이라도 꾼 게 아닌가 싶을 정도였다. 그 이후 맛만 혀끝에 남았는데 그 맛은 입맛을 부드럽게 돋우는 그런 맛이었다.

희연과 서현 그리고 지연 세 사람은 눈을 감은 채 그 끝 맛을 음미했다. 그렇게 맛을 본 뒤 장희연이 눈을 빛내며 입을 열었다.

"한수 씨."

"예?"

샐러드를 준비 중이던 한수가 고개를 돌렸다.

희연이 그런 한수를 보며 물었다.

"그 로렌스 왕이었나요? 그 사람한테는 연락 온 적 없어요?"

로렌스 왕, 홍콩과 마카오 일대를 주름잡는 거부.

미슐랭 3스타 레스토랑인 디 에잇(The Eight) 역시 그의 소유다.

그는 「무엇이든 만들어드려요」 촬영 당시 한수의 요리를 맛보았고 그 요리에 크게 감탄하며 레스토랑을 내 볼 생각이 없냐고 물어본 적도 있었다.

그 후 거금을 내고 떠났고 그 돈은 가난한 아이들을 위해 기부하며 사람들은 그들의 선행에 박수를 보내기도 했다.

"아, 그게……."

1년 정도 맨체스터 시티에서 선수로 뛸 무렵 그에게 한두 차례 연락이 온 적은 있었다.

그때만 해도 시즌 초였기 때문에 한수는 주로 교체 멤버로 출전하며 실전 감각을 부쩍 끌어올리고 있었다.

당시 로렌스 왕은 한수에게 왜 아까운 재능을 그곳에서 낭비하냐며 홍콩으로 오면 곧장 레스토랑을 차려주겠다고 몇 차례 한수를 설득하곤 했다.

그러나 그 이후 한수가 프리미어리그와 챔피언스리그 곳곳에서 날아다니기 시작하자 연락이 뚝 끊긴 바 있었다.

"흠, 한마디만 할게요."

"예, 말하세요."

"이 귀한 실력을 썩힌다는 거 너무 아깝지 않아요?"

"음, 그게……."

"저는 솔직히 축구를 그렇게 좋아하지 않아서 한수 씨가 외국에서 어떤 활약을 펼쳤는지 잘은 몰라요. 기사로 접하긴 했지만, 저하고는 조금 멀리 떨어진 이야기였거든요. 그러나 한수 씨 요리 실력만큼은 분명해요. 웬만한 미슐랭 3스타 레스토랑 쉐프 못지않다는 걸요."

한수는 그녀의 미각이 예사롭지 않다는 걸 알고 있었다.

실제로「쉐프의 비법」촬영 때 그녀는 남다른 시식평을 남기기도 해서 화제가 되기도 했다. 그리고 그녀가 쉐프를 상대로 주문한 요리 주제인「한수보다 더 맛있는 요리를 만들어주세요.」도 그럴 만한 이유가 있었구나, 하는 긍정적인 반응을 얻어냈었다.

황 피디는 조금 남은 굴 조각을 먹으며 두 사람이 나누는 대화를 흥미롭게 바라봤다.

그동안 한수는 남들은 평생 가도 한번 해내기 힘든 일을 연거푸 해내는 모습을 보였다.

쉐프로서의 한수도, 축구선수로서의 한수도.

둘 다 매력이 있었다. 그러나 황 피디가 바라는 한수는 연예인으로서의 한수였다.

만능 엔터테이너.

하지만 여기서 지연이 바라는 한수는 뮤지션으로서의 한수였고 또 다른 사람은 다른 방향으로 생각하고 있을지도 몰랐다.

'진짜 천 가지 얼굴을 가진 걸까?'

황 피디는 문득 그런 생각이 들었다. 강한수한테는 여러 가지 얼굴이 있어서 매번 필요할 때마다 그 얼굴을 꺼내어 쓸 수 있는 게 아닌가 하는.

'내가 미쳤지.'

황 피디는 고개를 절레절레 저었다. 그렇지만 한편으로는 그럴 수도 있다는 생각이 들었다.

그 정도로 한수가 보여주고 있는 모습은 쇼킹할 정도로 다양했고 또 그 다양한 모습은 매번 기대 이상으로 훌륭했기 때문이다.

"그냥 한수 씨 요리를 사랑하는 한 미식가의 소원? 푸념 같은 거라고 생각해 주세요."

"……감사합니다."

한수가 고개를 꾸벅 숙였다. 그녀는 진심으로 자신의 요리를 맛보고 또 사랑하고 있었다.

그녀의 마음이 이해가 안 가는 건 아니었다. 그 뒤 한수는 샐러드를 내놓았다. 그뿐만 아니라 그가 특별히 만든 소스도 함께 곁들었다.

메인으로 준비한 건 아스파라거스와 흰살생선이었다. 흰 살 생선에는 노란빛이 도는 새콤달콤한 소스를 올렸다.

그런 다음 한수가 준비한 건 스테이크였다.

두툼한 스테이크가 준비되었다.

그것을 맛보며 장희연은 몇 달 전 뉴욕으로 여행 갔다가 먹었던 RTC스테이크가 생각났다. 자신의 착각이겠지만 그때 먹은 BLT스테이크와 맛이 흡사했다.

RTC스테이크는 뉴욕의 3대 스테이크 가게로 불리는 곳으로 국내에도 그 분점이 있었다.

그러고 보면 그가 내놓은 아뮤즈 부쉬 역시 뉴욕의 한 레스토랑에서 맛본 아뮤즈 부쉬와 맛이 흡사했다.

'어쩌면…… 한수 씨는 절대 미각을 갖고 있는 게 아닐까?'

장희연은 고개를 갸웃거렸다.

한수는 노엘 갤러거와의 공연을 위해 뉴욕에 간 적이 있는 걸로 알고 있었다. 그뿐만 아니라 만수르 왕자를 만나기 위해, 또 중간에 휴가 때문에 뉴욕에 몇 차례 들렀다고 들었다.

장희연이 한수를 보며 물었다.

"한수 씨, 혹시 뉴욕에 RTC스테이크라고 가본 적 있어요?"

"어? 어떻게 아셨어요?"

"……진짜예요?"

그녀가 눈을 휘둥그레 떴다.

한수가 고개를 끄덕였다.

"예. 가본 적 있어요. 그곳에서 스테이크를 먹고 온 적이 있는데 그것에 영감을 받고 만든 거예요. 되게 예리하시네요."

"말도 안 돼."

희연이 눈을 휘둥그레 떴다.

믿어지지 않았다.

그렇다는 건 한 번 먹은 스테이크를 그대로 재현해냈다는 이야기였다.

'……진짜 절대 미각인 거야?'

한편 한수는 가슴이 순간 철렁거렸다.

그는 실제로 뉴욕에 몇 차례 가봤지만 RTC스테이크를 방문한 적은 없었다.

오히려 방송을 통해 RTC스테이크 가게를 접했을 뿐이다. 그리고 그때 RTC스테이크 본점에서 일하는 쉐프들의 지식과 경험을 흡수했다.

오늘 만든 스테이크는 그 지식과 경험을 십분 살려서 내놓은 것이었다.

그런데 희연이 RTC스테이크에 가본 적이 있냐는 질문에 기겁할 수밖에 없었다.

만약 가본 적이 없다고 하면 이 스테이크를 만드는 건 불가능하기 때문이다. 맛본 적도 없는 요리를 만든다는 건 애초에 말이 안 되는 이야기다.

그래서 가본 적도 없는 RTC스테이크를 갔다고 이야기했는데 희연은 오히려 도리어 놀래며 자신을 무슨 실험체 보듯 바라보고 있었다.

'……무언가 불길한데.'

한수가 온몸을 파고드는 오한에 입술을 깨물었다. 아무래도 희연이 자신에 대해 무언가 단단히 오해를 하기 시작한 것 같았다.


만찬은 훌륭하게 끝났다. 집들이를 위해 모인 손님들 모두 감탄을 멈추지 못했을 정도였다.

아뮤즈 부쉬부터 샐러드, 메인 디쉬, 디저트까지 모든 게 완벽했다.

이들 모두 미슐랭 3스타 레스토랑에 초대되어 저녁을 즐기고 있다는 생각을 했을 정도였다.

그렇게 만찬을 즐긴 뒤 남자들이 거실에 모였다. 뒤로 빠진 황 피디와 달리 경쟁이 붙었다.

그들이 경쟁 붙은 건 바로 위닝 일레븐이었다. 귀국하자마자 산 플레이스테이션4가 거실에 세팅되었다.

그리고 위닝 일레븐 2019가 진성 전자에서 만든 QLED TV 90형 제품을 통해 선명하게 흘러나오고 있었다.

"화면 넓어서 보기 좋네."

"귀국하자마자 이것부터 샀거든요."

어느새 한수는 유성과 함께 말을 터놓고 있었다. 아까 전 만찬을 함께 즐기며 부쩍 친해진 덕분이었다.

"잘했네. 나도 이걸 미리 사뒀어야 하는 건데……."

박유성이 아쉬움을 토로했다.

"응? 왜요? 형님이면 이거 사는 건 어렵지 않잖아요."

"어렵진 않은데 마누라 등쌀에 집 나가야 할지도 몰라."

"형수님이요?"

"어. 게임하는 거 되게 싫어하거든. 그래서 이 녀석하고는 종종 플스방 가서 게임하곤 해. 하하."

"……아."

"아직 애가 없어서 다행이지. 만약 애가 있었으면 여기 오지도 못했을 거야."

"형님 말 들으니까 왠지 유부남은…… 많이 힘든 거 같네요."

"크흠, 힘들기는. 괜찮아, 아니, 좋지."

박유성이 뒤늦게 웃어 보였다. 입단속을 하려는 듯한 모습이었다.

그때 에브라가 자리를 잡고 앉았다. 희연과 서현, 지연은 소파에 앉아 남자들이 하는 모습을 지켜봤다.

졸지에 열리게 된 위닝 일레븐 매치에 참가하게 된 건 황 피디를 뺀 다섯 사람이었다. 한수와 유성, 에브라, 윤환 그리고 승준까지 다섯 명이 불꽃을 튀기며 서로를 바라봤다.

그렇게 서로를 바라보던 남자들이 자신들이 알아서 내기를 걸었다.

"지는 사람이 설거지 어때요?"

"콜."

"나도 콜."

한수가 무지막지하게 많은 요리를 만들어낸 탓에 주방에는 설거지해야 할 게 수북이 쌓여 있었다.

한 사람이 그걸 몰빵하게 되어버린 셈이다. 그때 희연이 그들을 보며 말했다.

"한수 씨한테 얻어먹었는데 설거지까지 맡기기엔 좀 그렇고. 우리도 여기까지 와서 대접받은 것도 사실이니까. 우리도 한 손 거들게."

"언니 말대로 할게요! 아, 이럼 어때요?"

서현이 아이디어를 냈다.

"각자 한 명씩 응원하기로 하고. 그 사람이 지면 함께 하는 거죠. 어때요?"

그녀 말은 희연과 서현, 지연이 각각 한 명을 지목해서 그 사람이 질 경우 설거지를 같이해야 한다는 의미였다.

"대신 한수는 제외. 혼자 요리했는데 설거지까지 맡길 수는 없잖아."

지연이 한수를 제외하자고 주장했다. 그리고 덩달아 에브라도 제외됐다.

그래도 외국에서 온 손님인 만큼 배려하기로 한 셈이다. 그들은 패배해도 페널티를 물지 않기로 한 뒤 세 명이 남았다.

한류스타이자 여전히 최고의 전성기를 구가하고 있는 아시아의 별, 윤환.

맨체스터 유나이티드의 영웅이자 2002년 월드컵 4강 신화를 이룩한 박유성.

최근 충무로에서 떠오르는 샛별이자 쌍천만 감독 영화를 찍어낸 고봉식 감독의 신작에 출연한 신인배우 이승준.

이렇게 세 명 중에서 한 사람을 골라야 했다. 여배우 두 명과 가수 한 명으로 이루어진 이들 세 명은 신중할 수밖에 없었다.

자칫 잘못했다가는 저 많은 설거짓거리를 몽땅 감당해야만 했다.

결국 그녀들끼리 가위바위보가 이어졌다. 황 피디는 이 모습을 보며 웃음을 흘렸다.

오늘 한수 집에서 있었던 일들로 방송을 찍어도 될 것 같았다.

1부는 집들이 후 에브라의 등장!

2부는 미슐랭 3스타 레스토랑 못지않은 한수의 만찬.

3부는 설거지를 건 위닝 일레븐!

완벽한 3부작이 아닐 수 없었다. 그러는 사이 승자들이 한 명씩 자신의 짝꿍을 골랐다.

가위바위보에서 1등을 한 건 서현이었다. 서현은 신중하게 세 명을 보다가 박유성 선수를 골랐다. 왜 골랐냐는 황 피디 질문에 그녀가 한 대답은 당당했다.

"축구선수이니까 축구 게임도 그만큼 잘할 거 같아서요."

한수는 그녀 대답에 실소를 머금었다. 그다음 이긴 건 지연이었다.

졸지에 큰언니인 희연이 꼴찌가 되어버린 셈이다. 지연은 고민 끝에 윤환을 골랐다.

그리고 마지막 희연이 이승준을 선택했다. 그런 다음 위닝 일레븐 대진표가 짜였다.

A팀은 한수와 윤환.

B팀은 에브라와 승준.

C팀은 박유성이 자동으로 진출하게 됐다.

"이봐요. 내 눈은 틀리지 않았다니까요?"

서현이 그것을 보며 의기양양해 했다.

그러나 어차피 누가 설거지를 하느냐는 이따가 패자전에서 최종 결정될 예정이었다.

패자전에 가지 않기 위한 방법은 하나.

1승이라도 거두는 것이었다. A팀 경기가 시작됐다. 한수와 윤환의 경기였다.

윤환이 어깨를 으쓱했다.

"한수 녀석 게임 못하는데 가뿐히 이겨줄게."

승준이 뭐라 말을 꺼내려 했다.

그는 히오레 이벤트 팀에서도 한수와 팀을 이루고 있었다. 그리고 한수의 실력은 무지막지한 수준이었다. 그러나 정작 윤환은 그 사실을 모르고 있었다.

경기가 시작됐다. 한수가 고른 팀은 맨체스터 시티였다. 박유성이 우우우- 하며 야유를 보냈다.

"왜 하필 맨체스터 시티냐!"

"제가 로스터에 들어가 있더라고요."

한수가 미소를 지었다. 실제로 한수는 맨체스터 시티 로스터에 포함되어 있었다.

그의 오버롤은 99, 위닝 일레븐 2019의 모든 선수들 가운데 가장 높은 수치였다.

게다가 전체적으로 선수들 수치가 높았다. 트레블을 기록한 덕분이었다.

윤환이 고민하던 끝에 팀을 골랐다. 그가 고른 팀은 바르셀로나였다.

네이마르가 파리 생제르맹으로 이적한 뒤 전력이 약화되긴 했지만, 여전히 바르셀로나는 세계 최강팀으로 분류되고 있었다. 맨체스터 시티와 바르셀로나 간의 대결.

동시에 게임이 시작됐다.

치열한 경기가 계속해서 이어졌다. 한수는 당연하게도 윤환을 생선 가시 바르듯 발라버렸다.

11 대 0.

그것을 본 서현이 절규했을 정도로 한수의 실력은 무지막지했다. 그런 한수가 맨체스터 시티를 골랐으니 윤환이 떡실신당할 수밖에 없었다.

실제로 한수는 초창기에만 해도 케빈 더 브라이너에게 자주 깨지곤 했지만, 시간이 지나면 지날수록 오히려 케빈 더 브라이너를 압도했고 어느 정도 경험치가 쌓은 뒤에는 케빈 더 브라이너를 봐주면서 할 정도였다.

그다음 이어진 에브라와 승준의 경기. 희연이 승준을 열심히 응원하는 사이 두 사람은 1 대 1로 팽팽하게 비기면서 누가이길지 알 수 없을 만큼 맹렬하게 부딪쳤다.

그리고 마침내 승리를 거머쥔 건 에브라였다. 그런 다음 재차 경기가 이어졌다.

승자전보다는 패자전에 사람들의 관심이 쏠렸다. 그리고 마침내 최후의 패자가 결정이 났다.

"……너, 진짜 나중에 같이 촬영하게 되면 가만 안 둘 거야. 각오해 둬."

고무장갑을 낀 채 설거지를 준비 중인 건 희연이었다. 계획을 짠 희연이 졸지에 설거지에 당첨되어 버리고 말았다.

승준이 연달아 져 버렸기 때문이다.

"아, 누나. 일부러 진 게 아닌데……."

"아니, 한 번만 이기면 되잖아! 어떻게 다 질 수 있냐고!"

"……죄송해요."

그렇게 두 사람이 열심히 설거지하는 동안 한수는 다른 사람들과 거실에 모여 담소를 나누고 있었다. 황 피디가 한수를 보며 말했다.

"한수 씨는 앞으로 뭘 하고 싶어요?"

"제가 못 하는 분야를 잘하고 싶어요."

"……지금도 잘하는 게 많잖아요? 그런데 더 욕심나는 게 있어요?"

한수가 고개를 끄덕였다.

"그럼요. 저 이래 봬도 욕심이 엄청 많아요. 그리고 가급적이면 모든 텔레비전 채널에서 제가 나오는 모습을 보고 싶어요."

"……하하, 불가능한 건 아니네요. 일단 몇 개 채널은 확보해 두신 거나 다름없잖아요."

한수가 멋쩍게 웃었다. 그때 빤히 한수를 보던 서현이 물었다.

"……연기 연습은 하고 있어?"

"아, 그게. 음, 아직은."

한수가 말끝을 흐렸다. 카테고리 4에 해당하는 영역을 확보하긴 했다.

채널 확보권도 있는 만큼 어려운 일은 아니다.

문제는 「영화」나 「드라마」도 그 못지않은 해금 조건이 존재할 게 분명하다는 점이었다.

그걸 생각해 보면 연기는 아직 먼일이었다. 서현이 그 말에 아쉬움을 토로했다.

"아쉽네. 같이 영화나 드라마 찍으면 좋을 텐데."

"무슨 드라마요?"

그때 설거지를 끝낸 승준이 불쑥 뒤에서 나타나며 물었다.

"뭐, 그냥 이것저것."

"그럼 로맨스는 어때요?"

"뭐?"

"그리고 헤어지던 도중 한수 형한테 이렇게 말하는 거죠. 오늘 우리 집……."

"야! 너!"

승준이 재빠르게 도망치기 시작했다. 서현이 그 뒤를 부리나케 쫓았다. 가만히 그 모습을 보던 희연이 고개를 갸우뚱거리다가 한수를 보며 물었다.

"한수 씨, 무슨 일이에요?"

"하하, 그게, 그럴 만한 일이 있어요."

한수 입으로 직접 말할 수는 없는 그런 일이었다. 그러는 사이 박유성이 한수에게 말을 건넸다.

"이번에 드림컵 참가하기로 한 거 정말 고마워. SNS에 홍보 글도 올렸는데 반응이 좋더라. 사람들도 적극적으로 보러 오겠다고 하더라고."

"아, 경기 장소는 어디예요?"

"수원 월드컵 경기장에서 할 거야. 수원시에서 드림컵 열 때마다 후원을 해주고 있거든. 정말 고마운 일이지."

한수가 고개를 끄덕였다. 실제로 수원시에는 박유성삼거리와 박유성길이라고 하는 왕복 6차선 도로도 있을 정도였다. 그런 박유성에게 드림컵을 위한 경기장 대여를 해주는 건 어려운 일이 아닐 터였다.

"드림컵에 뛸 선수들은 많이 모였나요?"

"아직이야. 갑작스럽게 준비한 거라서…… 그리고 다들 휴가 중이거든. 휴가 도중 불쑥 온다는 게 쉬운 일이 아니라서.

에브라도 휴가 중에 온 거라서."

"그럼 계속 한국에서 머무르는 거예요?"

"그건 아니고. 파리로 돌아갔다가 이틀 전날 다시 올 거야. 흄, 일단 은퇴한 선수들 위주로 모아보고 있어. 긱스나 루드는 와줄 수 있을 거야."

박유성이 이야기하는 선수는 라이언 긱스와 루드 반 니스텔루이임이 분명했다.

그렇지만 필요한 선수는 최소 스물두 명이었고 교체를 생각해 보면 그보다 더 많은 선수가 필요했다. 아마 2002년 월드컵 때 국가대표로 함께 뛰었던 선수들도 초대하겠지만, 그것만으로는 부족했다.

더 많은 선수가 필요했다. 곰곰이 생각해 보던 한수가 입을 열었다.

"저도 한번 연락을 돌려볼게요. 그 날 일정이 비는 사람이 몇 명 정도는 있을지도 몰라요."

박유성이 환하게 웃었다.

"그래 주면 나야 고맙지."

그렇게 집들이는 끝이 났다. 다들 집으로 돌아갈 준비를 하기 시작했다.

어느덧 시간은 저녁 열한 시를 훌쩍 넘긴 뒤였다. 하나둘 집으로 돌아갔고 서현과 지연도 아쉬움을 뒤로 한 채 한수 집을 떠났다.

그동안 한수는 히오레 이벤트 매치를 위해서 꾸준히 PC방에 모여 연습을 하는 한편 드림컵을 위해 아는 선수들에게 연락을 돌려보기도 했다.

개중 몇몇은 한수에게 긍정적인 답변을 보내오기도 했다. 그래도 다행인 건 이번 드림컵 티켓이 꾸준히 팔리고 있다는 점이었다. 그러나 여전히 정원을 모두 채우기엔 한참 부족했다.

박유성은 그것 때문에 골머리를 앓고 있었다. 하지만 이것도 한수가 합류한 덕분에 가능한 일이었다.

만약 한수조차 없었으면 몇백 장에서 몇천 장 팔리는 수준에 그쳤을 것이다.

그때였다. 휴대폰이 울렸다.

한수였다. 박유성이 곧장 전화를 받았다.

"어, 한수야. 무슨 일 있어?"

-형. 지금 SNS에 바로 홍보 가능하죠?

"응? 무슨 일인데?"

박유성이 고개를 갸웃거리며 물었다. 한수가 웃으며 대답했다.

-맨체스터 시티 선수단 전원이 뛸 수 있을 거 같아요. 그리고 레오하고 네이마르하고 몇몇 더 설득했어요. 이렇게 SNS에

홍보해 주세요. 맨체스터 시티 대 세계 올스타 매치라고.

"뭐? 정말이야?"

-만수르가 흔쾌히 도와준다고 하네요.

그리고 세계 최고의 이벤트 매치가 성사되었다.

# CHAPTER
# 2

축구팬이라면 누구나 한 번쯤은 해봤다는 게임이 있다.

풋볼 매니저(Football Manager)가 바로 그것이다.

자신이 직접 클럽의 감독이 되어서 선수를 영입하고 전술을 짜고 그래서 우승을 차지하는 게임이다.

중독성이 그만큼 심한 게임으로 영국에서는 실제로 이 게임 때문에 이혼을 요구한 경우도 있었다.

대부분은 자신이 서포트하는 클럽의 감독으로 게임을 시작하지만, 어느 정도 중급자가 되면 그때부터는 독특한 짓을 하기 시작한다.

이를 테면 잉글랜드 6부 리그에 속해 있는 팀으로 게임을 진행하는 것이다.

그러나 혹 누구는 레알 마드리드 또는 바르셀로나로 시작한 다음 자신의 클럽에 세계 최고의 선수들만을 긁어모으기도 한다.

「호-즐-메」라고 불리는 공격 라인업이 만들어질 때도 있는 것이다.

여기서 말하는 「호-즐-메」란 크리스티아누 호날두, 즐라탄 이브라히모비치, 리오넬 메시로 이어지는 라인업을 이야기한다.

평상시에는 절대 이루어질 수 없는, 크리스티아누 호날두와 리오넬 메시가 함께 뛰는 모습도 볼 수 있는 것이다.

그런데 오늘 대한민국뿐만 아니라 전 세계를 뒤흔든 충격적인 이벤트 매치 소식이 알려졌다.


-야, X발. 빅 뉴스다! 빅 뉴스야!

-뭔데? 너 빅 뉴스 아니면 죽는다.

-적어도 네이마르가 222m 유로에 파리 생제르맹으로 이적했다, 이 정도 소식은 되어야지.

-진짜 개충격이었는데 ㄹㅇ.

-그건 그렇고 뭐가 빅 뉴스임?

-박유성 SNS 안 가봄? 지금이라도 가봐라. 거기 떠 있음.

-아, 귀찮고. 뭔데?

-맨체스터 시티하고 세계 올스타팀하고 수원 월드컵 경기장

에서 경기한댄다.

    ……농담함?

    -장난치냐?

    -세계 올스타팀? 맨체스터 시티? 맨체스터 시티가 미쳤다고 여기까지 와서 경기를 함?

    -시즌 개막까지 이제 한 달 남짓 남은 거 아님?

    그들 모두 반신반의하고 있었다.

    누구는 박유성 SNS가 누군가 사칭한 가짜 SNS가 아니냐고 의심을 품기도 했다.

    그럴 수밖에 없었다. 드림컵 경기는 수원 월드컵 경기장에서 7월 말에 열릴 예정이었다.

    그리고 프리미어리그가 개막하는 건 보통 8월 중순 무렵이다.

    새로운 시즌을 시작해야 하는 맨체스터 시티 입장에서는 대한민국까지, 전용기를 타고 이동한다고 해도 초장거리 이동인만큼 피로가 누적되는 문제를 떠안을 수밖에 없는 게 사실이었다.

    하지만 박유성이 공식 석상에서 재차 이번 이벤트 매치가 확정되었다고 발표하는 순간 인터넷이 떠들썩해졌다.

-이거 실화냐?

-어, ㄹㅇ임. 나 미리 표 사뒀는데 ㅋㅋ 완전 개꿀임.

-티켓 사이트 왜 마비됐냐?

-이럴 거면 차라리 캄프누에서 하면 안 됨?

ㄴ윗놈, 바르셀로나 팬이냐?

-아니, 그게 아니라 좌석 수가 너무 적잖아. 어떻게 보라고?


수원 월드컵경기장이 수용 가능한 인원수는 44,000석 정도였다.

개중에서 VIP석은 판매를 애초에 안 하고 있었으니 실질적으로 수용 가능한 인원은 43,000명밖에 되지 않았다.

그리고 세계 최고의 이벤트 매치가 확정되기 전 판매된 티켓 수는 5천 장 정도.

즉 남은 티켓은 38,000장이었는데 그 티켓은 박유성의 SNS 페이지에 홍보가 되자마자 3분 만에 전석 매진된 상태였다.

박유성이 주최하는 드림컵을 후원하는 후원사 홍보팀은 국내에서 1만 석이, 그리고 해외에서 2만 8천석이 모두 다 팔렸다고 발표하며 원성을 사고 있었다.

경기장이 너무 좁다는 게 그들이 항의하는 이유였다.

그래서 몇몇은 잠실 올림픽주경기장에서 경기를 열었으면 하는 바람을 드러내기도 했다.

잠실 올림픽주경기장은 최대 10만 석까지 수용이 가능했기 때문이다.


-근데 라인업 발표됨?

-생각보다 별거 없는 거 아니냐? 맨체스터 시티도 1.5군 정도만 보낼 수 있잖아.

-ㅋㅋㅋ 그럴 거면 애초에 SNS에 홍보를 안 했겠지.

-아, 진짜 욕 나온다. 티켓 좀 팔라고! 얼마든 살 테니까!


국내에서 이 정도 규모의 대회가 열리는 건 흔치 않은 일이었다.

손태석이 뛰고 있는 토트넘 홋스퍼가 작년 내한해서 한 경기 치른 걸 빼면 이렇다 할 대회는 없었다.

그런 상황에서 월드 클래스 선수들이 줄줄이 국내에 몰려올게 예상되는 만큼 누구나 표를 사고 싶어 하고 있었다. 하지만 자리는 한정되어 있고 표는 이미 매진된 상태였다. 국내만 사정이 이런 것도 아니었다.

외국에서도 어떻게든 이번 경기 티켓을 구하게 되면 바로 비행기 티켓을 사겠다고 하는 사람들이 줄을 잇고 있었다.

전년도 월드 챔피언이자 트레블을 달성한 맨체스터 시티. 그들과 세계 올스타팀이 맞붙는 경기였다. 누구나 직관하고 싶어 할 수밖에 없었다.


　-미친. 라인업 떴다.

　-뭐? 벌써?

　-정확히 말하면 라인업은 아니고 참가 명단 떴는데…… 소름이다. 진짜.

　-와, 이게 말이 됨?

　-아니, 이럴 거면 진즉에 말을 하든가! 그러면 나도 드림컵 티켓 샀지.

　-이제 와서 후회하면 늦는 거야. 그러니까 진즉에 사든가. ㅉㅉㅉ

　-…… 하, 보러 가고 싶다. 암표는 얼마나 하려나?

　박유성은 드림컵을 유치 홍보하고 있는 홍보대행사와 선수 명단을 보고 혀를 내둘렀다.

　"와, 진짜 대단하네요. 다들 참석하겠다고 연락 온 거 맞죠?"

　"예, 맞아요. 한수 씨 덕분이죠."

　"……나중에 진짜 거하게 한턱 쏴야겠네요."

　"그건 그렇고 혹시 경기장을 바꾸는 건 생각해 보셨어요?"

"아, 음, 고민 중이긴 해요."

수원시는 드림컵을 위해 박유성에게 여러모로 지원을 아끼지 않고 있었다.

그렇기 때문에 박유성도 가급적 수원 월드컵경기장에서 경기를 열길 희망하고 있었다.

하지만 경기장 좌석 수 차이가 컸다. 수원 월드컵경기장이 43,000석인데 비해 잠실 올림픽주경기장은 10만 석까지 수용이 가능했다.

이런 세계적인 이벤트를 앞둔 만큼 보다 더 많은 사람에게 축구를 보여주고 그들이 축구에 대해 더 애정을 품게 하고 싶은 것도 사실이었다.

"수원 시장님하고 이야기 한번 해보는 건 어떠세요? 수원 시장님도 흔쾌히 허락해 주시지 않을까요? 워낙 여론이 한쪽으로 쏠려 있어서요."

"흠, 알겠습니다. 한번 제가 시장님하고 연락을 해보도록 하죠. 그리고 참가선수명단은……."

"예. 이미 SNS 페이지에 올렸어요. 벌써 천 번 넘게 리트윗되고 있고요. 반응이 완전 폭발적이에요."

"그렇겠죠. 저도 이렇게 라인업이 꾸려질지는 생각지도 못했다고요."

박유성은 참가가 확정된 선수들 이름을 보며 다시 한번 한수라는 선수가 지금 축구계에서 가지는 위상이 얼마나 대단한지 새삼 실감할 수 있었다. 그의 SNS에 올라온 선수 명단은 휘황찬란했다.

우선 크리스티아누 호날두, 리오넬 메시, 네이마르, 손태석, 음바페, 즐라탄 이브라히모비치 그리고 루드 반 니스텔루이가 공격수 자리에 포진해 있었다.

미드필더에는 박유성, 토니 크로스, 루카 모드리치, 폴 포그바, 베라티, 은골로 캉테, 필리페 쿠티뉴, 클라우디오 마르키시오, 이스코가 수비수로는 에브라, 보누치, 세르히오 라모스, 키엘리니, 다니 알베스, 마르셀루, 피케, 디에고 고딘, 카르바할 등이 포함되어 있었다.

골키퍼 역시 마누엘 노이어와 지안루이지 부폰이 든든하게 뒤를 받칠 예정이었다. 그야말로 챔피언스리그에서도 핵심 선수들로 꼽히는 선수들이 한자리에 모이게 된 것이었다.

재차 선수 명단을 확인하던 박유성이 고개를 절레절레 저으며 입을 열었다.

"아니, 몇몇은 친분이 있으니까 가능하다고 해도…… 어떻게 이 많은 선수를 다 섭외했지?"

"만수르 왕자가 도와준 거 아닐까요?"

"만수르 왕자라면…… 가능성이 있을 순 있지."

그들의 예상대로였다. 이번 이벤트 매치에 이렇게 많은 별이 한자리에 모일 수 있었던 것은 우선 맨체스터 시티의 구단주 만수르가 다른 구단들을 설득한 게 컸다.

그의 설득과 한수에 대한 미련을 버리지 못한 대형 구단의 구단주 또는 회장들이 좋은 뜻에 동참하기로 했고 그러면서 이렇게 많은 선수가 참가하는 게 가능해진 것이었다.

하지만 그것만이라면 선수들이 굳이 휴가를 포기하면서까지 이 자리에 모이진 않았을 것이다.

그들은 강한수를 선수로서 존경하고 있었다.

그 정도로 강한수가 1년 동안 이뤄낸 업적은 정말 대단한 것이었다.

모든 선수가 그것을 알고 있었고 그래서 이미 은퇴한 강한수와 마지막 경기를 함께 하는 추억을 남기기 위해 이번 대회에 참가하기로 뜻을 모은 것이었다.

무엇보다 이번 대회는 의미 있는 대회였다. 전쟁이나 가난으로 인해 굶주리고 고통받는 아이들을 위한 대회였다.

모든 후원금은 그들을 지원하기 위해 투입될 예정이었고 그 이후에도 지속적으로 이들에 대한 관심을 잊지 말자는 의미에서 기획된 것이었다. 또한, 이것은 「보다 더 나은 세상을 만들자」라는 구호의 캠페인 아래 이루어지고 있었다.

박유성은 활짝 웃으며 입을 열었다.

"빨리 경기가 열렸으면 좋겠네요."

"오랜만에 현역으로 뛰시겠네요. 저 선수들에게 지지 않으려면 지금부터라도 조금 연습해 두셔야 하는 거 아니에요?"

"하하. 에브라는 현역으로 뛰고 있으니까 그렇다고 해도 저 나 루드는 진짜…… 많이 힘들지도 모르겠네요."

박유성은 한숨을 내쉬었다. 벌써 은퇴한 지 5년이 다 되어 가고 있었다. 과연 자신이 선수로서 제 몫을 해낼 수 있을지 걱정되는 게 사실이었다.

며칠 뒤, 수원 월드컵경기장이 아닌 잠실 올림픽주경기장에서 드림컵을 개최한다는 새 내용이 공식 발표되었다.

더 많은 팬에게 이번 이벤트 매치를 직관할 기회를 주고 싶기 때문에 서울시장, 수원시장, 박유성, 그리고 홍보대행사가 합의하에 내린 결정이었다.

그 결정은 정말 많은 지지를 이끌어냈다.

43,000석에서 수용 가능한 관중 수가 10만 석으로 늘어난 셈이었다.

이제 사람들은 티켓 구매를 위해 목숨을 걸기 시작했다. PC방으로 가서 컴퓨터 대여섯 대를 동시에 켜둔 다음 티켓 구매 창이 뜨기만을 목놓아 고대할 정도로 그 열기는 사뭇 뜨겁게 달아올라 있었다.

비단 그건 국내만의 일이 아니었다. 외국에서도 이번 이벤트 매치 티켓을 구매하기 위해 날밤을 새워가며 티켓을 구매하고자 있었다.

약 6만 장의 티켓이 추가로 늘어났지만. 여전히 그것을 사고 싶어 하는 관중 수는 수백, 수천만 명에 달했기 때문이다.

티켓 판매는 인터넷 대행사 세 곳에서 동시에 이루어지게 되었다. 각 대행사는 2만석의 티켓을 팔 수 있었다.

그리고 이벤트 매치를 보름 앞두고 티켓 판매가 재차 이어졌다. 동시에 사이트는 마비되었고 그러는 사이 조금씩 티켓들이 팔리기 시작했다.

운 좋은 누군가는 티켓을 구할 수 있었고, 운 나쁜 누군가는 PC방에서 다섯 대의 컴퓨터를 켜두고 동시에 접속을 시도했는데도 불구하고 티켓을 구매할 수 없었다.

티켓을 구하고 싶어 하는 건 일반 시민뿐만이 아니었다. 평소 축구를 광적으로 좋아하는 윤환이나 승준 등 한수 주변 사람들도 한수에게 표를 어떻게든 한 장이라도 구해 달라 하고 있었다.

한수도 주최자 자격으로 받은 VIP티켓 스무 장이 있긴 했다.

이번 대회에 참가하는 선수들에게 10장씩 주어진 걸 감안하면 한수에게는 그래도 꽤 많은 VIP티켓이 주어진 셈이었다.

그러나 부모님과 진짜 친한 주변 지인들에게 나눠주자 정작 남은 표는 몇 장 되지 않았다.

게다가 들리는 이야기로는 정치권이나 재벌가 사람들이 은근슬쩍 압력을 행사하며 VIP티켓을 내놓을 것을 요구하고 있다는 이야기도 있었다. 그것 때문에 드림컵 홍보대행사가 홍역을 앓고 있다는 말도 들렸기에 한수는 그 부분을 어떻게 처리해야 할지 고민 중이었다.

그것도 잠시 한수의 휴대폰이 울어댔다. 그리고 액정을 확인한 순간 한수가 올 것이 왔다는 표정으로 고개를 저었다.

"왜 전화 안 하나 했어요."

-당연히 내 티켓은 남겨놨겠지? 어?

"물론이죠. 리암도 같이 올 거죠?"

-F***! 그놈 것은 없어도 돼! 그럴 바에는 차라리 나한테 티켓을 더 넘기라고. 그게 세계평화를 위해 더 도움이 될 테니까.

언제나 밉상이지만 좋아할 수밖에 없게 만드는 사람.

그는 노엘 갤러거였다.

한수는 노엘 갤러거에게 입국하는 대로 티켓을 주겠다고 약속했다. 그리고 전화를 끊었을 때 그는 또 한 명의 갤러거에게 연락을 받을 수 있었다.

그는 리암이었다. 리암도 노엘과 비슷한 이야기를 해왔다.

굳이 노엘 갤러거한테 표를 줄 바에는 길거리에서 적선하고 있는 거지한테 티켓을 주는 게 낫다는 게 그의 논지였다.

"형제는 닮는다더니 사실인가 보네요."

-뭐라고? 너 뭐라고 했어?

"아뇨. 별말 아니에요. 어쨌든 티켓은 준비해 뒀어요. 입국하는 대로 연락해 줘요."

-좋아. 그래야지! 곧 보자고! 넌 내 평생의 은인이야. 하하.

한수는 전화를 끊고 두 형제를 떠올렸다.

축구 이야기만 나오면 신나서 흥분을 감추지 못하는 두 사람은 누가 봐도 형제임이 분명했다.

정작 그 두 사람은 서로를 보고 형제라고 하면 전혀 아니라고 욕을 하며 화를 낼 테지만.

그들이 맨체스터 페스티벌에서 한 차례 오아시스 완전체로 뭉쳐 공연을 가진 뒤 사람들은 오아시스가 새로 결성하는 게 아니냐는 이야기가 떠돌곤 했다.

실제로 그게 성사될 가능성도 다분히 있어 보였다. 지금도 세계 곳곳에는 오아시스를 그리워하는 사람이 여전히 많았기 때문이다.

하지만 그들은 이렇다 할 움직임을 보이지 않았다. 여전히 두 사람 사이에는 감정의 앙금이 남아 있었고 그것은 세월이 흐른다고 해서 쉽게 치유될 수 없는 성질의 것이었다.

결국 그들은 오아시스가 재결합한다는 이야기를 절대 꺼내지 않았고 오아시스는 딱 한 번 신기루 같은 공연을 한 뒤 다시 물거품이 되어버리고 말았다.

때론 사막에 나타나는 오아시스가 어떤 건 진짜지만 어떤 건 신기루이듯 그들의 공연 역시 신기루였던 셈이다.

여하튼 그들을 뭉치게 하는데 결정적인 역할을 해낸 한수는 그 이후 음악적인 면에서는 크게 접점을 두지 않고 있었다.

노엘이나 리암 둘 다 한수를 자신의 밴드로 포섭하고 싶어했지만 한수 입장에서는 평생 뮤지션의 길을 걷는다는 건 불가능했기 때문이다.

만약 진짜 채널 마스터가 된다면 그 이후에는 진로 하나를 뚜렷하게 고를 수 있게 될지도 모르지만 지금으로써는 모든 채널을 확보하기 위해서라도 다양한 채널을 두루두루 경험해야만 했다.

어쨌든 노엘 갤러거와 리암 갤러거, 두 갤러거 형제와 연락을 마친 뒤 한수는 다시 PC방으로 돌아왔다.

히어로즈 오브 레전드 이벤트 매치를 앞두고 한수는 여전히 맹렬하게 연습하고 있었다. 집에서는 틈틈이 트위치TV로 방송도 했는데 그 덕분에 시청자 수는 평균 4천 명 정도로 꽤 많이 늘었으며 솔로 랭크도 챌린저 3위에서 5위 사이를 왔다 갔다 하고 있었다.

급하게 결성된 팀이었지만 이번 이벤트 매치를 앞둔 어벤저스 팀의 성적도 나쁘지 않았다.

히어로즈 오브 레전드 하위권 팀을 상대로 여러 차례 승리를 거머쥔 뒤 다들 자신감이 부쩍 올랐고 그 덕분에 중위권 팀을 상대로도 열세에 몰리는 게 아니라 때론 우위를 거머쥐며 다섯 판 중 한두 판은 승리를 거머쥐기도 했다.

물론 그게 가능했던 건 바로 한수 덕분이었다.

한수가 다른 미드라이너를 상대로 항상 라인전을 압도했기 때문에 가능한 일이었다.

"형, 누구예요?"

"어? 아, 노엘."

"……노엘 갤러거 말하시는 거 아니죠?"

승준 말에 한수가 의아한 얼굴로 물었다.

"맞는데? 왜? 노엘하고 전화하면 안 돼?"

"……하, 가끔 까먹곤 하는데 진짜 형은 전국구, 아니, 전 세계적으로 노는 거 같아요. 무대가 다르다고 해야 하나, 진짜 말이 안 되는 거 같다니까요."

"그냥 친하게 지내는 사이야. 그렇게 놀랄 거 없어."

"그건 그렇고 그건 어떻게 됐어요?"

"그렇게 말하면 내가 무슨 뜻인지 알아듣겠냐? 제대로 말해봐."

"진성 전자하고 KV팀에서 형 영입하려 했잖아요. 어떻게 하기로 했어요?"

"……상식적으로 생각해 봐, 승준아. 그쪽이 내 주급을 감당할 수 있겠냐?"

한수가 맨체스터 시티 선수로 뛰며 받던 주급이 세후 1억 5천만 원이다. 세전으로 치면 24만 파운드(3억 5천만 원) 정도 되는 금액이다. 세르히오 아게로와 더불어 팀 내 최고 연봉자이기도 했다.

즉 월급으로 치면 6억 원 정도를 수령했다는 건데 세상 그어느 히어로즈 오브 레전드 팀도 그 금액을 맞춰주기란 불가능했다.

가장 많은 돈을 받고 있는 것으로 알려진 엠페러 이신혁도 연봉으로 30억을 수령 중이었기 때문이다.

그러나 한수는 연봉으로 가정하면 무려 72억 원 정도를 받아야 한다는 이야기였고 그건 현실적으로 이루어질 수 없는 조건이었다.

"그럼 다들 손 뗀 거예요?"

"어. 어차피 이번 이벤트 매치만 뛰고 히어로즈 오브 레전드는 그냥 방송에서나 틈틈이 할 거라서."

"프로 생각은 없으신 거네요."

"당연하지."

승준이 고개를 끄덕였다. 프로게이머라고 해서 무조건 편한 직종이 아니다.

하루 16시간 가까이 컴퓨터 앞에 앉아서 게임만 주야장천 연습해야 한다.

그렇다고 해서 미래가 보장되어 있지도 않다. 대부분 3년에서 4년 정도 반짝하고 그 이후 은퇴하게 마련이다. 운 좋게 해설자나 코치로 잘 풀리는 경우도 있지만 대부분은 프로게이머를 관둔 뒤에는 트위치TV에서 스트리머 활동을 하거나 백수 상태로 지내기 일쑤다.

차라리 그럴 바에는 맨체스터 시티나 그보다 더 많은 돈을 주겠다고 호언장담했던 상하이 선화에서 1년 정도 선수 생활을 더 하는 게 나았다.

그러면 못해도 연봉으로 몇십억에서 몇백억 정도는 단숨에 벌 수 있기 때문이다.

그런 생각을 하던 승준은 가만히 한수를 쳐다봤다.

'와, 생각해 보니 이 형은 몇십억 정도는 그냥 1년만 반짝 뛰어도 벌 수 있는 거네?'

막상 그런 생각을 하고 나니 내심 한수가 부러웠다. 그때 한수가 그런 승준을 보며 물었다.

"그러고 보니 너 내일 개봉 맞지?"

"예? 아, 맞아요. 내일이죠."

승준이 떨리는 목소리로 대답했다. 내일은 고봉식 감독의 신작 영화가 개봉하는 날이었다.

쌍천만 관객을 찍은 감독답게 입소문은 이미 파다하게 퍼져 있었고 유료시사회도 반응이 뜨거웠다고 알고 있었다.

"한동안 바쁘겠네."

승준도 종종 지방순회를 다니며 팬들과 무대 인사를 하는 것으로 알고 있었다.

승준이 그 말에 환하게 웃었다.

"바쁜 게 좋죠. 더군다나 팬들을 만날 수 있는 기회잖아요. 이번 기회에 단단히 얼굴 도장 찍고 와야죠."

"팬들도 좋아할 거다. 특히 누나 팬들이 많이 좋아할 거야."

"……하하."

"나도 재미있게 볼게. 기대 중이야."

"그냥 시사회 참석하시지. 형님이 오셨으면 반응도 되게 뜨거웠을 텐데……."

실제로 승준은 한수한테 유료 시사회 VIP티켓을 주며 보러 오라고 한 적이 있었다.

그러나 한수는 그것을 완강히 거부했었다.

내심 그것이 아쉬웠던 승준이었다.

"걱정하지 마. 재미있으면 여러 번 볼 거니까."

"네, 알았어요."

그러는 사이 연습이 재개됐다. 히어로즈 오브 레전드 이벤트 매치까지는 이제 보름 남짓 남아 있었다.

고봉식 감독의 신작 영화가 개봉했다. 한수는 집 근처에 있는 영화관으로 향했다. 일부러 페라리를 끌고 나오지 않았다. 사람들의 이목을 집중시킬 게 뻔해서였다.

대신 한수는 모자를 푹 눌러쓰고 선글라스를 낀 채 택시를 타고 영화관으로 향했다.

영화관 앞에 도착해서 한수가 영화관 안으로 걸어 올라갈 때였다. 그러나 워낙 키가 크고 어깨가 딱 벌어진 데다가 슬림한 체격인데도 근육이 오밀조밀 잘 붙어 있는 덕분에 옷발이 살면서 사람들의 시선을 잡아끌고 있었다.

그래도 다행히 변장술이 먹힌 덕분인지 사람들은 한수를 모델이라고 여기는 듯했다.

아침 일찍 영화관에 도착한 뒤 한수는 고봉식 감독의 신작 영화 티켓을 구입했다.

좋은 자리는 이미 진즉에 동난 상태였고 그는 맨 뒷자리 좌석을 골랐다.

그때였다. 휴대폰이 울렸고 발신자를 확인해 보니 지연이었다.

"어, 나야. 이 시간에 무슨 일이야?"

이제 오전 아홉 시 반이었다.

평소 밤낮이 바뀐 삶을 살고 있는 지연의 라이프 패턴을 잘 알고 있기 때문에 그녀가 이 시간에 전화했다는 게 다소 의외였다.

-어디야?

"응? 여기 지금 영화관인데?"

-승준이 나오는 영화 보려고?

"어. 아침에 시간이 비어서 보러 왔지. 왜?"

-나도 영화 보여줘.

"응? 영화 보여 달라고?"

-어. 왜? 싫어?

한수는 머리를 긁적였다. 그가 지연에게 물었다.

"영화 시작하려면 이제 삼십 분 정도 남았는데 그전까지 올 수 있어?"

-응. 가능해. 어디로 가면 돼?

한수는 그 말에 순간 멈칫했다. 어딘지도 모르는데 삼십 분 안에 올 수 있다고 한 거였다.

한수가 멋쩍은 목소리로 대답했다.

"여기 신화호텔 옆에 있는 기가박스야."

─……조금 더 늦은 시간 없을까?

조조영화로는 못 보겠지만 더 늦은 시간대도 있긴 했다.

물론 좋은 좌석은 대부분 동난 상태였고 정 보려면 맨 뒤에 있는 스위트 커플(SweetCouple)석에서 봐야 했다. 이곳이 아니면 맨 앞에서 봐야 하는데 그건 사양이었다.

한수가 지연에게 물었다.

"좌석이 맨 앞 좌석 아니면 스위트 커플석뿐인데 맨 앞에서 보는 건 사양이라 스위트 커플석밖에 없는데 괜찮지?"

─어? ……응. 괜찮아. 그럼 바로 준비해서 갈게.

"어, 알았어."

시간이 한 시간 반 정도 더 붕 뜨게 됐지만 어쩔 수 없었다.

한수는 하는 수없이 영화관 주변을 기웃거리기 시작했다.

그러다가 영화관 한편에 마련되어 있는 오락실이 눈에 들어왔다.

몇몇 커플이 이런저런 게임을 하고 있었다.

한수는 예전부터 즐겨 했던 FPS게임을 찾아냈다.

「하우스 오브 더 데드(House Of The Dead)」라는 게임이었는데 모형 총으로 좀비들을 잡아야 하는 것이었다.

한수는 500원짜리 동전 2개를 넣은 다음 게임을 시작했다.

키 크고 딱 봐도 훤칠하게 생긴 한수가 게임하는 모습에 몇몇 사람이 그런 한수를 힐끗거리며 봤다.

그러나 한수의 실력은 기대 이하였다.

형편없었다.

목숨이 3개 주어지는데 chapter1 보스전을 치르기도 전에 벌써 2개가 사라진 상태였다.

'게임 진짜 못하네.'

'돈이 아깝다.'

몇몇 남자가 어깨를 으쓱거렸다.

그렇게 chapter1 보스를 만나기도 전에 게임 오버된 한수는 채널 마스터의 능력에 대해 고찰해 보기 시작했다.

히어로즈 오브 레전드도 그렇고 한수는 게임에 있어서 소질이 썩 있는 게 아니었다.

한수 본인은 인정하기 싫어했지만 오히려 보통 이하라고 봐야 했다.

그러나 채널 마스터의 능력 덕분에 한수는 히어로즈 오브 레전드 같은 경우 챌린저까지 실력을 끌어올릴 수 있었다.

그것은 엠페러 이신혁이나 블러드 하진석 등 그들의 경험과 지식을 한수가 자신의 것으로 가져온 덕분이었다.

여전히 어떻게 이게 가능한지 한수는 알지 못했다.

그렇지만 아직 한수는 배고팠다.

이미 남들이 보기엔 말도 안 되는 일을 이뤄냈지만 한수는 이보다 더 위대해지고 싶었다. 그리고 완벽해지고 싶었다.

완벽해진다는 건 원래 불가능하지만 인간이라면 누구나 한 번쯤 꿈꾸는 일이니까.

그는 재차 500원짜리 동전 2개를 넣고 다시 게임을 시작했다.

포기하고 싶지 않았다. 그리고 때로는 채널 마스터의 능력이 없이도 성장하고 싶었다.

한눈에 봐도 연예인 포스가 물씬 넘치는 여자가 영화관에 들어섰다.

그녀는 지연이었다.

선글라스에 모자, 목도리 등으로 이 더운 여름 날씨에 완전 무장을 했지만 워낙 마른 데다가 한눈에 봐도 연예인 티가 물씬 났다.

시간이 촉박했다.

약속시간까지는 십여 분 정도를 남겨둔 상태였다.

그리고 그녀는 얼마 지나지 않아 커피숍에 앉아 있는 한수를 찾아볼 수 있었다.

그는 정체를 알 수 없는 여자들과 이야기를 주고받고 있었다.

그녀들이 떠난 뒤 지연이 한수에게 다가갔다.

"누구야?"

"아, 연락처 좀 알려달라고 해서. 그래서 안 된다고 하고 거절했지. 생각보다 일찍 왔네?"

"총알택시 잡아타고 왔지."

"그런데 이곳까지는 어쩐 일이야? 진짜 영화 보러 온 거야?"

"응. 겸사겸사 할 말도 있고."

"뭔데?"

"우리 2집 내자."

"응?"

한수가 그녀 말에 눈을 휘둥그레 떴다.

한수는 2집을 내고 싶다는 말에 순간 당황했지만 이내 그녀 말도 일리가 있다는 생각이 들었다.

두 사람이 1집 앨범을 발표한 지도 꽤 오랜 시간이 지났다.

한수가 1년 정도 맨체스터 시티에서 선수로 뛰었기 때문이다.

그동안 지연은 꾸준히 새 앨범을 준비했지만 정작 발표하지 못하고 있었다.

어떤 앨범을 준비하든 한수와 함께 콜라보레이션해서 냈던 기존 앨범을 뛰어넘지 못했기 때문이다.

자초지종을 들은 한수가 한숨을 내쉬었다.

몸은 하나인데 자신을 원하는 사람은 많았다. 그렇다고 해서 모든 것을 다 들어줄 수는 없는 노릇이었다.

한수가 지연을 바라보며 말했다.

"너도 알겠지만 내가 워낙 일이 많아."

"응. 나도 잘 알고 있어."

지연이 고개를 끄덕였다.

지연도 한수가 얼마나 바쁜지 알고 있었다.

일단 드림컵이 열흘 앞으로 다가온 상태였다. 그것 말고도 그를 원하는 사람들이 수두룩했다.

그러나 한수는 그 모든 유혹을 뿌리치고 올해 2학기에 복학할 준비를 하고 있었다.

한국대학교에 입학했지만, 그는 1학년 1학기만 다니고 휴학을 해야 했다. 그리고 지금 한수는 2년째 휴학 중이었다.

'군대를 안 갔다 왔으면 진짜 큰일 날 뻔했을 거야.'

한수는 고개를 절레절레 저었다.

가만히 그 모습을 보던 지연이 두 눈을 동그랗게 뜨며 물었다.

"응? 무슨 생각을 그렇게 해?"

"아, 별거 아니야. 그냥 곧 복학할 텐데 학과 수업은 또 어떻게 해야 하나 고민 중이었어."

"……공부 잘하는 거 아니었어?"

"잘한다고 해야 하나? 글쎄. 하하."

"잘하니까 한국대학교에 입학했겠지. 치, 나도 한국대학교 누가 보내주면 가고 싶다."

"아."

지연은 일부러 대학교에 진학하지 않았다.

그녀를 원하는 학교가 무수히 많았지만, 지연은 다른 학생들의 기회를 빼앗고 싶지 않은 데다가 연예인 활동을 병행하면서 학교생활을 제대로 해낼 자신이 없다고 하면서 일부러 대학교 진학을 포기했다. 그리고 많은 수험생이 그녀의 행동에 박수갈채를 보냈다.

"가끔 놀러와."

"어?"

"내가 캠퍼스 구경시켜 줄게. 그럼 되잖아."

"진짜? 약속한 거야?"

"어, 그럼. 그게 뭐가 어려운 일이라고. 혼자 오기 그러면 서현이 하고 같이 오던가."

"내가 걔하고 뭐하러 같이 가. 갈 거면 나 혼자 갈 거야!"

"응? 아, 편한 대로 해. 그럼 영화 보러 갈까?"

"그러자."

두 사람은 자연스럽게 팝콘과 콜라를 산 다음 영화관으로 향했다.

티켓을 검사하는 동안 직원이 수상쩍은 눈길로 두 사람을 쳐다봤다. 둘 다 선글라스에 목도리, 거기에 모자를 푹 눌러쓰고 있었으니 의심을 살 수밖에 없는 것이었다.

그래도 무사히 통과한 두 사람은 영화관 안에 들어왔다.

스위트 커플석으로 걸어왔을 때 지연이 얼굴을 붉혔다.

양쪽에 칸막이가 되어 있어서 바로 옆 사람이 뭘 하는지 전혀 알 수 없는 데다가 맨 뒤쪽에 자리 잡고 있는 탓에 앞에 앉은 사람이 갑자기 고개를 돌리기 전에는 커플들이 무엇을 하는지 알 수 없을 터였다.

두 사람은 어색한 얼굴로 자리에 앉았다.

한수도 그냥 단순한 커플석인지 알았을 뿐 이런 구조로 이루어져 있을지는 생각지도 못했다.

지루한 광고 뒤 영화가 시작됐다.

그리고 두 사람은 곧 영화에 정신없이 빠져들었다.

오전 11시 영화인데도 불구하고 사람은 꽤 많았다.

다들 얼굴이 밝았다.

그만큼 영화가 기대 이상이었다는 의미였다.

"그 조연으로 나온 남자 되게 잘생겼더라. 딱 내 이상형이었어."

"응응. 나도. 검색해 보자. 이름이 뭐야?"

"이승준? 어? 진짜 그 이승준 맞아?"

"이승준이 누군데 그래?"

"아, 너는 예능 안 보지. 「하루 세끼」하고 「무엇이든 만들어 드려요」에 나온 애 있어. 강한수하고 같이 출연했었거든. 와, 그때만 해도 신인배우라고 했는데 이 영화에 나왔구나. 이미지가 전혀 달라서 못 알아봤어."

한수는 앞서가는 여자들의 대화를 들으며 영화 속 승준의 모습을 떠올렸다.

확실히 승준은 진짜 배우였다.

대선배들 앞에서도 그는 주눅 들지 않고 연기를 펼쳤다.

특히 「하루 세끼」나 「무엇이든 만들어드려요」에서 보였던 성실하지만 어딘가 나사가 빠진 듯 어리숙한 모습이 아닌 냉정하고 카리스마 넘치는 살인마 역할로 나왔기 때문에 느낌이 남달랐다.

"진짜 승준이 연기 잘하네."

"응, 나도 보고 놀랐어. 이따가 톡해야겠다."

두 사람도 승준의 연기를 보고 감탄했다.

한수는 그런 승준이 부러웠다. 한수의 연기는 스스로 냉정하게 생각해 봐도 발연기였기 때문이다.

그렇지만 부러워한다고 해서 그에게 연기의 재능이 주어지는 건 아니었다.

한수는 아쉬움을 털어냈다.

그에게는 남들에게 없는 특별한 능력이 있었다.

아직은 확보할 수 없지만 언젠가는 그 능력을 거머쥘 수 있을 터였다.

그렇다고 해서 제자리걸음만 할 생각은 없었다.

재능이 없더라도 노력은 기울일 생각이었다. 날로 먹을 생각은 애초에 없었다. 그리고 채널 마스터 시스템은 날로 먹으려 하면 할수록 오히려 그 능력이 더디게 성장하곤 했다.

"덕분에 재밌게 잘 봤어. 점심이라도 먹을까?"

"아, 미안. 점심에는 내가 약속이 있어서."

"약속?"

한수가 고개를 끄덕였다.

"응. 미안. 다음에 또 연락할게."

"……아, 알았어. 그리고 음반! 생각 있으면 꼭 연락 줘!"

"알았어. 조심히 들어가."

한수는 지연을 뒤로 한 채 택시를 잡아타고 집으로 돌아왔다.

드림컵까지 이제 열흘 남짓 남아 있었다.

그동안 한수는 다시 피트니스 트레이닝을 비롯해서 연습해 둘 생각이었다.

「IBC Sports」 같은 경우 경험치를 100% 모두 완전하게 확보한 상태이기 때문에 경험치가 떨어질 걱정은 하지 않아도 됐다.

그런데도 불구하고 한수가 열흘 동안 지속적으로 훈련을 하려 하는 건 다른 이유에서가 아니었다.

컨디션을 보다 더 완벽하게 끌어올리기 위함이었다.

그리고 이것은 한수가 이번 드림컵에 대해 갖고 있는 마음 가짐이 남다르다는 것을 드러내는 것이기도 했다.

드림컵을 사흘 앞뒀을 때 인천국제공항은 무척 북적이고 있었다.

이번 드림컵에서 뛰게 될 선수들이 속속들이 입국 중이었다.

팀 단위로 온 선수도 있었고 혹은 국적이 같은 선수끼리 입국한 경우도 있었다.

그 시간 한수는 여전히 연습을 소화 중이었다.

그리고 얼마 뒤 맨체스터 시티 선수단까지 입국했다.

그들은 만수르가 직접 내어준 전용기를 타고 인천국제공항에 들어왔다.

세계에서 내로라하는 선수들이 이곳 대한민국에 몰려들고 있었다.

그들은 대한민국 정부와 서울시가 그들을 위해 미리 준비해 둔 호텔에 투숙하기 시작했다.

한편 이번 경기를 보기 위해 표를 산 외국인들도 속속 입국했다.

그들뿐만 아니라 이번 경기를 라이브로 중계할 세계 각국의 방송사들도 한국으로 몰려들었다.

그야말로 대한민국 서울에 세계의 이목이 집중되고 있었다.

월드컵 결승전이나 챔피언스리그 결승전 못지않게 이 경기는 세간의 이목을 잔뜩 잡아끌고 있었다.

이번 경기에서 뛰는 선수들의 이름값 때문이었다.

돈을 주고도 볼 수 없는 경기라는 평가가 있을 정도로 이번 이벤트 매치에 뛰게 될 선수들은 하나하나 각 팀에서 핵심 역할을 맡고 있었다.

감독도 마찬가지였다.

맨체스터 시티 선수단을 이끌게 된 건 펩 과르디올라 감독이었고 세계 올스타팀을 맡게 된 건 은퇴했던 알렉스 퍼거슨 경이었다.

과연 알렉스 퍼거슨 경이 이끄는 세계 올스타팀이 트레블을 차지한 펩 과르디올라의 맨체스터 시티를 상대로 어떤 모습을 보여주느냐도 관심사 중 하나였다.

그리고 경기 이틀 전날 한수는 오랜만에 맨체스터 시티 선수단과 재회할 수 있었다.

다들 한수를 반갑게 맞이했다.

지난 1년 동안 함께 뛰며 그들은 전우애를 나눠가졌다.

그들에게 한수는 소중한 팀 동료이자 트레블을 달성할 수 있게 한 최고의 영웅이었다.

"한스! 잘 지냈지? 네가 없으니까 같이 위닝할 만한 애가 없어서 아쉽더라고. 다들 실력이 고만고만해서 말이야."

케빈 더 브라이너가 한수를 끌어안으며 중얼거렸다.

한수가 적당히 봐주면서 상대했지만 그 때문에 케빈 더 브라이너의 실력도 덩달아 일취월장해 버렸다. 그래서인지 케빈 더 브라이너는 마땅한 호적수를 찾지 못하고 있는 듯했다.

"대회 끝나고 여유 있으면 한번 같이 놀자. 아, 그리고 유성 형도 꽤 잘하니까 맞붙어도 좋을 거야."

"유성? 아, 미스터 팍?"

"응. 그 형도 위닝을 꽤 잘하거든."

"좋네. 네가 은퇴하고 다시는 같이 못 뛰게 될 줄 알았는데 이렇게라도 같이 뛰게 돼서 정말 다행이야."

"상대가 만만치 않은데 괜찮겠어?"

"음, 조금 부담스럽긴 하지. 그래도 조직력은 우리가 앞서니까 그 부분에 희망을 걸어야겠지?"

그때 펩 과르디올라가 한수에게 걸어왔다.

"한스. 잘 지냈나?"

"물론이죠. 당신은요?"

"나는 누구 때문에 밤잠을 계속 설치고 있지. 그 사람만 남아 있었더라면 시즌 구상을 하는 게 어렵지 않았을 텐데 은퇴를 해버리는 바람에 말이야."

"누군지 몰라도 정말 못된 사람인데요?"

"……후, 한스. 다시 복귀할 생각은 정녕 없는 건가? 단 일 년 뛰기엔 자네의 재능이 너무 아까워."

"죄송해요, 펩. 저는 이미 대학교 복학 신청을 해버렸다고요."

"……자네가 사 년 정도 더 뛰면서 계속 우승컵을 들어 올리고 나아가 월드컵까지 거머쥘 수 있다면 자네는 정말 펠레마저 뛰어넘을 수 있다네. 이 축구계의 정점에 오를 수 있다는 거야. 그 기회를 왜 마다하지?"

"그것 말고도 할 게 많으니까요."

"하. 이래서 너무 많은 재능을 갖고 있으면 오히려 더 좋지 않은 모양이군. 자네가 만약 축구만 잘했으면 이런 걱정은 오히려 기우였을 텐데 말이야."

"괜찮아요. 축구 말고도 할 건 얼마든지 많으니까요."

"그걸 지적하는 거야. 나는 자네를 축구만 시키고 싶거든."

한수가 애석한 얼굴로 대답했다.

"그건 어렵겠네요, 펩. 미안해요."

"괜찮네. 안 될 걸 알면서도 설득한 거니까. 그 대신 이번 드림컵은 최선을 다해서 뛰어주겠지? 자네의 고별전이 될 테니까 말이야."

"물론이죠. 그러려고 제가 그들을 초대한 거니까요."

잠실 올림픽주경기장은 사람들로 미어터질 만큼 바글바글 거리고 있었다.

최대 수용인원인 10만 명 전원을 수용하고 있어서였다.

VIP석에는 이름만 들어도 알 만한 사람들이 빼곡히 자리를 메우고 있었다. 개중에는 갤러거 형제도 있었고 축구황제 펠레도 있었다.

그들만이 아니었다.

유명 영화배우 톰 크루즈와 레오나르도 디카프리오, 그밖에 할리우드 스타들도 빈자리를 차지하고 있었다.

그러는 사이 선수들이 하나둘 들어서기 시작했다.

전날 라인업이 발표됐을 때 경기를 경기장에서 직관하게 될 팬들은 물론 이 경기를 집 또는 펍에서 술을 마시며 보게 될 축구팬들도 환호성을 내질렀다.

맨체스터 시티의 라인업은 트레블을 기록하던 날 챔피언스 리그 우승컵을 들어 올린 그 명단 그대로였다.

맨체스터 시티(4-4-2)

에데르손 -카일 워커, 콤파니, 스톤스, 멘디 -다비드 실바, 강한수, 페르난지뉴, 케빈 더 브라이너 -아게로, 가브리엘 제수스.

그러나 그들이 주목한 건 세계 올스타팀의 스타팅 명단이었다.

그야말로 화려함의 극치였다.

세계 올스타팀(4-3-3)

부폰 -마르셀루, 라모스, 피케, 알베스 -박유성, 토니 크로스, 모드리치 -리오넬 메시, 즐라탄 이브라히모비치, 크리스티아누 호날두.

세계 올스타팀을 이끄는 주장은 이번 드림컵을 열게 된 박유성이었다. 그는 쑥스러운 듯 팔목에 매어둔 주장 완장을 어색하게 매만지고 있었다.

그밖에 레알 마드리드 중원의 핵심을 담당하는 토니 크로스와 모드리치가 선발 출전한 상태였다.

센터백은 스페인 국가대표팀 주전 선수인 라모스와 피케였고 양쪽 풀백은 브라질 국가대표팀 주전 선수였다. 그리고 쓰리톱은 풋볼매니저나 피파온라인에서 누구나 주력으로 써먹는다는 호-즐-메 라인이었다.

세계의 이목이 집중된 가운데 전후반 90분.

주심이 휘슬을 불었고 동시에 맨체스터 시티와 세계 올스타팀 간의 경기가 시작됐다.


잠실 올림픽주경기장에서 열리게 된 이번 드림컵에는 「슈퍼컵(SuperCup)」이라는 별칭이 붙었다.

그럴 수밖에 없었다.

꿈에서나 생각해 볼 법한 라인업이 이루어졌기 때문이다.

양 팀 모두 최강의 라인업을 들고 나섰고 그런 만큼 이곳에 모인 십만 명이 넘는 관중 또한 이번 경기를 고대하고 있었다.

그리고 킥오프가 시작된 순간 함성이 이곳을 가득 메웠다.

캐스터 양현수가 킥오프 장면을 바라보다가 입술이 부르틀 정도로 큰 목소리를 내며 소리쳤다.

"정말 환상적인 쇼가 아닐 수 없습니다! 오늘 우리는 역사의 한 현장을 직접 보고 있습니다."

해설 안문호도 그 말에 화답했다.

"맞습니다. 오늘 우리는 역사적인 무대에 서 있습니다. 아마 이런 무대는 두 번 다시 꾸며지기 어려울 게 분명합니다."

그들 두 명은 감격에 겨운 얼굴로 이번 무대를 중계하고 있었다.

캐스터나 해설자 입장에서 이런 무대를 또 중계할 날이 올 수 있을까?

아마 없을 것이다.

현역으로 뛰는 선수들이 이렇게 뭉치는 기회는 흔치 않기 때문이다.

오늘 이 무대가 열릴 수 있게 된 건 강한수와 맨체스터 시티의 구단주인 만수르, 두 사람 덕분이었다. 그리고 그들의 목소리에 화답해준 슈퍼스타들이 있기에 가능했다.

그러나 그들을 이곳으로 끌어 모은 구심점은 바로 강한수였다.

강한수가 박유성과 함께 이번 드림컵을 주관하기로 했기 때문에 그들이 직접 이 드림컵에 동참하기로 한 것이었다.

만약 한수가 없었으면 이런 슈퍼스타들이 모이는 일은 없었을 것이다.

"오! 크리스티아누 호날두 선수가 빠른 속도로 공을 향해 달려듭니다. 아게로 선수하고 몸싸움을 벌이는데요. 전혀 밀릴 기미가 보이지 않습니다. 친선경기가 아니라 실제 경기를 보는 듯하군요."

양현수가 가볍게 탄성을 토해냈다.

보통 이런 이벤트 대회일 경우 선수들은 몸을 사리게 마련이다.

그러나 세계 올스타팀에 속한 선수들이나 맨체스터 시티 선수들이나 실전을 방불케 하는 움직임을 보이고 있었다.

"어떻게 보십니까?"

"아무래도 이건 강한수 선수 때문이 아닐까 싶습니다."

"강한수 선수요?"

"예. 강한수 선수는 지난 시즌 챔피언스리그 우승컵을 들어올린 뒤 사실상 은퇴를 선언했습니다. 그 어떤 축구 클럽과도 계약하지 않겠다는 의사를 밝혔죠. 그리고 아마 이번 드림컵은 그가 현역으로 뛰는 마지막 무대가 될 가능성이 농후합니다. 지금 세계 올스타팀 소속으로 뛰는 선수들의 생각은 하나일 겁니다. 강한수 선수, 그를 정점에서 끌어내리고 싶다는 것이겠죠."

"어후, 생각만 해도 무섭군요. 그럼 안문호 해설위원이 보기에는 강한수 선수를 정점에서 끌어내릴 수 있을까요?"

"……글쎄요. 강한수 선수는 단 한 시즌 유럽 리그에서 뛰었지만 그 누구도 범접할 수 없는 위상을 쌓았다고 평가받고 있습니다. 그런 그를 정점에서 끌어내릴 수 있을까요?"

안문호 해설위원의 말대로 경기 양상은 치열했다.

선수들은 지금 무대가 마치 챔피언스리그 결승전이나 월드컵 결승전이라도 되는 것처럼 독기를 품은 채 경기장을 누비고 있었다.

곳곳에서 거친 몸싸움과 함께 격전이 벌어졌다.

이곳은 총칼만 들지 않았을 뿐 전장이나 다름없었다. 그 순간 세계 올스타팀을 상대로 공을 빼낸 페르난지뉴가 한수에게 공을 연결했다.

동시에 한수가 공을 잡았다. 그리고 순식간에 주변이 조용해졌다.

마치 한수를 중심으로 시간이 멈춘 듯했다.

어느 하나 숨조차 제대로 내쉬지 못한 채 긴장의 끈을 조이고 있었다.

다들 느끼고 있는 것이었다.

단 한 시즌이었지만 필드 위의 마에스트로(Maestro)라고 불렸던 강한수.

그가 또 어떤 마법을 부릴지 눈여겨보고 있었다.

알렉스 퍼거슨 경이 선수들을 독려했다.

"막! 그를 막아! 그게 자네가 해야 할 일이야!"

박유성은 은퇴했지만 여전히 현역 시절 못지않았다.

오히려 은퇴 이후 쉬면서 꾸준히 관리를 해준 덕분에 전성기 못지않은 활동량을 보이고 있었다.

박유성이 한수를 마킹하기 위해 움직였다. 오늘 경기에서 박유성은 중앙 미드필더로 뛰면서 맨투맨 수비를 맡고 있었다.

박유성의 거센 압박에 한수는 절묘한 드리블 기술을 보이며 공을 빼앗기지 않았다. 그러나 박유성은 여전히 끈질기게 매달리고 있었다.

그 모습은 마치 사냥감을 포획하기 위해 쉴 새 없이 움직이는 살모사를 보는 듯했다.

박유성은 한수의 탈압박을 보고 연신 혀를 내둘렀다.

지난 한 시즌 동안 한수의 활약상은 하나도 빠짐없이 챙겨 봤다.

은퇴했지만 그는 여전히 축구인이었고 같은 한국인인 강한수가 잉글랜드 무대에서 맹활약 중이라는 말에 관심을 갖고 있었기 때문이다.

손태석이 상대적으로 토트넘 홋스퍼에서 부진하는 동안 강한수는 펄펄 날아다녔고 그는 단숨에 맨체스터 시티를 이끌고 있는 주역이 될 수 있었다.

그리고 오늘 강한수를 상대로 맨투맨 수비를 하면서 박유성은 왜 손태석이 강한수를 가리켜 괴물이라고 했는지 납득할 수 있었다.

카메라를 통해 보는 것과 이렇게 직접 그 실체를 맞대고 붙는 것은 정말 많은 차이가 있었다.

무엇보다 그가 공을 다루는 마이크로 컨트롤은 눈을 현혹시킬 만큼 눈부시게 매혹적이었다.

그 순간 레알 마드리드 중원의 핵심이자 월드클래스급 미드필더 중 한 명인 토니 크로스가 박유성을 도와 한수를 막는 것에 가담해 왔다.

박유성이나 토니 크로스나 그 이름값이 쟁쟁했다.

그 둘의 협력 수비에 강한수도 별수 없겠거니 생각했을 때였다.

그의 마법이 시작됐다.

물 흐르듯 이어지는 현란한 드리블과 마치 접착제를 붙여둔 것처럼 발에서 절대 떨어지지 않는 공, 한수는 공을 몰고 두 선수를 마치 양파 껍질을 벗겨내듯 벗겨내기 시작했다.

"빌어먹을!"

루카 모드리치가 다급히 빈 공간을 커버하기 위해 이동했다.

그렇지만 한수가 한발 앞서 있었다.

그는 두 선수 사이를 뚫고 나오자마자 그대로 공을 띄워 올렸다.

정확한 포물선을 그리며 떨어진 크로스가 세르히오 아게로 앞에 보기 좋게 놓였다.

동시에 아게로는 주저 없이 반 박자 빠른 슈팅을 가져갔다.

콰앙-

대포알 같은 슈팅이 부폰이 지키고 있는 세계 올스타팀 골대를 향해 날아 꽂혔다.

웬만한 골키퍼라면 절대 막아설 수 없는 슈팅이었다.

하지만 부폰은 부폰이었다.

그는 손끝으로 아게로의 슈팅을 쳐내며 그 자리에서 일어나 포효했다.

"와아아아!"

온갖 소리가 경기장을 가득 메웠다.

이곳에 모인 관중들은 엄청나게 높은 수준의 경기에 강한 압박을 받고 있었다.

숨도 제대로 내쉬지 못할 만큼 매 순간순간 집중해야 했기 때문이다. 그때 한수가 코너킥을 올리기 위해 엔드라인으로 이동했다.

그가 움직일 때마다 수많은 흰색 빛이 반짝반짝 빛나며 별자리를 만들어냈다.

수많은 관중이 한수의 발걸음 하나하나에 집중하고 있었다.

그가 움직일 때마다 카메라 플래시가 터지며 엄청난 빛을 폭사하게 하고 있었다.

한수는 공을 놓은 다음 페널티 에어리어 안쪽을 바라봤다.

그가 목표로 하는 건 스톤스였다.

돌덩어리 같은 그의 머리라면 부폰이 지키고 있는 골대를 분명히 꿰뚫을 수 있을 터였다.

"삐이이익!"

휘슬 소리가 불린 뒤 한수는 부드럽게 공을 감아 찼다.

한수가 차낸 공이 아름다운 궤적을 그렸다. 그리고 그 공은 그가 의도했던 대로 존 스톤스의 머리를 향해 제대로 날아가고 있었다.

그러나 세계 올스타팀에는 존 스톤스보다 훨씬 더 실력 좋은 센터백들이 즐비했다.

개중에는 머리 하나는 세계 최고라고 해도 과언이 아닌 선수가 있었다.

세르히오 라모스가 훌쩍 뛰어오르며 한수가 차올린 크로스를 멀리 걷어냈다.

"아, 아깝습니다! 완벽한 크로스였는데요. 세르히오 라모스 선수가 뛰어올라서 머리로 공을 걷어냅니다!"

"아쉽군요. 강한수 선수는 존 스톤스 선수를 노리고 공을 차올린 것 같습니다. 실제로 그가 차올린 크로스는 완벽했고요. 그러나 세르히오 라모스 선수가 보다 더 좋은 자리를 선점하고 있었습니다."

"양 팀 모두 전반전부터 치열한 움직임을 보여주고 있는데요. 어떤 팀이 이길지 전혀 예상할 수 없을 만큼 좋은 움직임을 보여주고 있는 것 같습니다."

그러는 사이 카메라가 관중들을 힐끗힐끗 잡기 시작했다.

그리고 카메라가 VIP석에 앉아 있는 어린아이들을 잡았다.

양현수가 고개를 갸웃거리며 입을 열었다.

"저 아이들은 누굴까요?"

"아, 저 아이들 모두 강한수 선수가 직접 초대한 아이들이라고 합니다. 예전에 맨체스터 시티 선수로 뛸 때 로스앤젤레스에 있는 아동병원에서 아이들을 돌본 적 있는데 그 아이들을 모두 초대했다고 하더군요."

"그렇군요. 아이들 표정이 정말 즐거워 보이는군요."

"누구라도 그렇지 않을까요? 하하, 정말 아픈 아이들이 한 명도 없었으면 하는 바람입니다."

그 이후로도 치열한 접전이 이어졌다. 그리고 첫 번째 골이 나왔다.

첫 골을 넣는 데 성공한 건 바로 맨체스터 시티였다. 이번에도 주요한 역할을 해낸 건 강한수였다.


세계 올스타팀에게는 약점이 하나 있었다.

선수들 모두 수비보다는 공격에 조금 더 많이 치중되어 있다는 점이었다.

자연스럽게 선수들은 클럽에서 하던 것처럼 수비 라인을 끌어올렸고 그것은 필연적으로 뒷공간을 훤히 내주는 단점을 낳을 수밖에 없었다.

그래도 세르히오 라모스나 피케는 스페인 국가대표팀으로 뛰면서 여러 차례 호흡을 맞춰왔기 때문에 오프사이드 라인을 잘 유지할 수 있었다.

하지만 딱 한 번의 실수.

피케가 라인을 맞추지 못했고 그 실수는 고스란히 한수에게 포착됐다.

동시에 한수는 센터 서클에서 얼마 떨어지지 않은 위치에서 그대로 크로스를 띄워 올렸다.

VIP석에서 경기를 보던 데이비드 베컴이 감탄을 토해냈다.

"방금 봤어? 완전 내 크로스잖아? 세상에!"

발목이 꺾이는 정도나 그 특유의 자세 등 한수가 방금 차올린 크로스는 데이비드 베컴을 닮아 있었다.

그렇게 떨어진 공은 오프사이드 라인을 뚫고 뒷공간을 파고든 세르히오 아게로에게 정확히 연결되었고 세르히오 아게로는 신중하게 부폰을 노리며 슈팅을 때렸다.

그러나 역시 부폰이었다.

그는 야신에 버금가는 활약을 펼쳐 보이며 세르히오 아게로가 때린 벼락같은 슈팅을 막아내고야 말았다.

"어? 지금 저 선수, 강한수 선수 아닌가요?"

"맞습니다. 놀랍군요. 언제 저기까지 뛰어 올라왔던 거죠?"

캐스터와 해설자 모두 당황하기 시작했다.

순식간에 경기장을 반 정도 가른 강한수는 부폰이 걷어낸 공을 그대로 발리슛으로 연결했다.

철썩-

골망이 흔들렸다.

맨체스터 시티의 선제골이었다.

강한수는 그대로 환호하며 VIP석을 향해 뛰어가기 시작했다.

그곳에 옹기종기 모여 있는 아이들에게 세레모니를 펼쳐 보이기 위함이었다.

가만히 경기를 보던 노엘이 중얼거렸다.

"역시 녀석다워. 한 오 년 정도만 더 맨체스터 시티에서 뛰었으면 얼마나 좋아."

여전히 그는 한수가 단 1시즌 맨체스터 시티에서 뛰고 은퇴했다는 게 마음에 들지 않았다.

그래도 그가 한 시즌 동안 뛰면서 트레블을 이룩했기 때문에 그를 맨체스터 시티의 레전드로 여기고 있었지만 그래도 아쉬운 건 아쉬운 거였다.

특히 오늘 경기를 보고 있으면 너무 이른 시간에 은퇴한 게 아닌가 하는 생각이 자연스럽게 들 수밖에 없었다.

한편 VIP석에서 경기를 보던 만수르가 쓴웃음을 지었다.

쓴웃음을 짓는 만수르 모습에 레알 마드리드의 플로렌티노 페레스 회장이 미소를 띠우며 말했다.

"아쉬우신 모양이군요."

"아, 페레스 회장. 그럴 수밖에요. 저런 선수를 또 구한다는 건 불가능한 일이니까요."

"저희도 한번 제안해 봤지만 설득하기 전에 실패했지 뭡니까?"

"하하, 그럴 겁니다. 자신의 말은 반드시 지키는 선수이니 까요."

"예?"

"경기 시작 전에 그와 약속을 하나 했습니다. 그가 한 골을 넣을 때마다 후원액을 그만큼 더 늘리겠다고요. 그런데 벌써 약속을 지키기 시작했군요."

"그런 약속을 했단 말입니까?"

"페레스 회장도 생각이 있으면 얼마든지 이 내기에 껴도 좋 습니다."

"……에, 그게."

페레스 회장이 당혹스러워할 때 만수르가 웃으며 말했다.

"대신 단단히 결심을 해야 할 겁니다. 전 재산을 몽땅 후원하게 될 수도 있을 테니까요. 하하."

호탕하게 웃던 만수르가 세레머니를 끝내고 돌아가는 한수의 뒷모습을 쫓았다.

여전히 그가 탐이 났다.


부폰의 신들린 선방도 강한수를 막지는 못했다.

세계 올스타팀 선수들은 허탈해하는 기색이 역력했다.

정점의 자리에 있다가 스스로 은퇴한 선수.

그런 선수는 흔치 않다.

더군다나 단 한 시즌 뛰었는데 저렇게 위대한 족적을 남기고 가는 선수도 드물다.

올해 FIFA 올해의 선수상과 발롱도르를 강한수가 받아야 한다는 여론이 괜히 나오는 게 아니다.

그 정도로 강한수가 해낸 업적은 충분히 존중받아 마땅했다.

전반전이 계속해서 이어졌다. 양 팀 모두 치열한 공방전을 거듭했다. 그리고 세계 올스타팀은 단숨에 맨체스터 시티의 수비진을 허물었다.

특히 크리스티아누 호날두와 리오넬 메시가 앞장섰다.

토니 크로스가 길게 연결한 패스가 리오넬 메시에게 향했다. 동시에 리오넬 메시는 수비 뒷공간을 절묘하게 허물면서 페널티 에어리어 안쪽으로 공을 몰고 파고들었다.

역동적인 그 공격에 맨체스터 시티 선수들이 흔들렸다.

그 순간을 리오넬 메시는 놓치지 않았고 그대로 중앙으로 공을 찔러 넣었다.

완벽한 패스였다.

그리고 그 패스에 화룡점정(畵龍點睛)을 한 건 크리스티아누 호날두였다.

크리스티아누 호날두는 방향만 살짝 바꾸는 슈팅을 보이며 에데르손이 지키고 있던 맨체스터 시티의 골문을 단숨에 허물어 뜨렸다.

"고오오올! 골입니다! 크리스티아누 호날두 선수가 리오넬 메시 선수의 환상적인 패스를 건네받아 동점골을 만드는데 성공합니다!"

"누구나 꿈꾸던 게 있습니다. 강한수 선수가 축구계에 등장하기 전까지만 해도 누구나 세계 최고의 축구 선수로 손꼽길 주저하지 않았던 두 선수, 크리스티아누 호날두 선수와 리오넬 메시 선수. 이들 두 선수가 한 팀으로 뛰는 모습이었죠. 그리고 지금 우리는 바로 그 모습을 보고 있습니다."

경기장을 직접 내려다보는 안문호 해설위원은 눈시울을 붉혔다.

해설위원이기 이전에 한 명의 축구팬으로 이렇게 멋진 모습을 보고 있다는 건 감격스럽기 이를 데 없는 일이었다.

누구나 꿈꿔왔던 모습이었다.

크리스티아누 호날두와 리오넬 메시가 한 팀이 되어 뛰는 모습.

게다가 그들 두 선수가 합작해서 골을 만들어냈다.

"으아아아아! 미쳤다! 나 방금 지렸어."

"더러운 새끼야! 와, 근데 진짜 이거 꿈은 아니겠지?"

"병신아! 고맙다. 너 덕분에 이 티켓 살 수 있었어!"

"평생을 고마워해라. 알았냐?"

1층에서 경기를 지켜보던 두 사람은 방금 전 장면을 보고 움찔거렸다.

격한 흥분에 온몸이 파들파들 떨리고 있었다.

방금 전 강한수가 골을 넣었을 때부터였다.

저 막강한 라인업을 상대로 강한수가 골을 넣었다는 것부터 믿기지 않았다.

그들은 볼 수 있었다.

아게로가 슈팅을 때릴 때 엄청난 속도로 뛰어 들어온 강한수가 부폰이 튕겨낸 공을 그대로 골문 안으로 때려 넣은 그 아름다운 발리슛을 말이다.

그런데 그때 그 흥분이 가시기도 전에 이번에는 세계 올스타팀이 그 이름값을 제대로 해냈다.

크리스티아누 호날두와 리오넬 메시가 합작해서 골을 만들어낸 것이다. 리오넬 메시는 전매특허라고 할 수 있는 온더볼 상황에서의 현란한 드리블을 이용해 상대 수비수들을 뚫었고 크리스티아누 호날두는 오프 더 볼 상황에서 상대 수비수가 없는 공간을 침투해서 골을 넣는 데 성공했다.

축구팬이라면 누구나 보고 싶어 할 바로 그 광경이었다.

"진짜 이 꿈의 경기를 직관할 수 있게 되다니."

"드림컵 티켓 미리 끊어둔 보람이 있지?"

"하, 진짜 앞으로도 계속 후원해야겠다."

"단톡방에 올려봐. 애들 반응 좀 보게."

"알았어. 잠깐만."

그들은 방금 전 크리스티아누 호날두가 골 넣은 장면을 단톡방에 올려 공유했다.

그것도 잠시 또다시 경기가 치열하게 벌어졌다.

그들은 단톡방은 이내 신경을 끈 채 다시 경기에 집중하기 시작했다.

휴대폰이 반짝반짝거리며 알림이 도착했다고 알렸지만 그들 눈에는 들어오지 않았다.

바로 지금 이 순간.

이 순간을 즐기는 것만이 무엇보다 더 중요했다.

전반전이 끝이 났다. 생각보다 골 수는 많이 나지 않았다.

2 대 2.

양 팀은 팽팽한 경기를 하고 있었다. 그러나 맨체스터 시티가 세계 올스타팀에 비해 상대적으로 더 유리한 게 사실이었다.

세계 올스타팀이 후반전에 골키퍼를 포함한 열한 명 전원을 교체하는 반면에 맨체스터 시티는 전원을 교체하는 게 불가능했기 때문이다.

결국 상대적으로 맨체스터 시티가 전력보존이 가능하다는 의미였다.

하지만 전반전을 뛴 세계 올스타팀 선수들이 나간다고 해도 그 못지않은 올스타들이 경기에 투입될 예정이었다.

바르셀로나를 떠나 파리 생제르맹의 에이스가 된 네이마르를 비롯해서 폴 포그바, 이스코, 캉테 등이 뒤받치는 미드필더 그리고 키엘리니, 보누치, 디에고 고딘 같은 수비수들도 있었다.

전반전을 뛴 세계 올스타팀 선수들에 비해서는 살짝 이름값에서 뒤처지는 게 사실이지만 이들 역시 각 구단을 대표하는 에이스들이었다.

한수는 여전히 맨체스터 시티 선수로 후반전을 뛰기 시작했다.

그는 맨체스터 시티 중원의 핵심이었다.

그가 빠진다는 건 맨체스터 시티 전력의 절반이 떨어져나간 다는 의미와 크게 다르지 않았다.

어찌되었든 간에 한수는 이번 경기를 풀타임 뛰어야 한다 는 의미였다.

사실상 여기 모인 선수들 모두 한수와 경기를 뛰고 싶어서 온 것이었으니까.

후반전이 시작되기 전 네이마르가 한수에게 다가왔다.

"오늘 함께 뛰게 돼서 영광이야. 한스."

"나야말로. 이렇게 와줘서 고마워."

"이번에는 유니폼 교환하러 온 거야. 다른 선수들이 달려들 어도 절대 바꿔주지 말라고."

"응? 유니폼 교환?"

"그때 네가 내가 아니라 레오한테 유니폼을 교환해 줬었잖 아. 까먹은 거야?"

"아……."

한수가 어색하게 웃었다.

프리시즌 때 한수는 네이마르가 아닌 리오넬 메시하고 유니 폼을 교환한 적이 있었다. 그리고 그 날 경기가 끝난 뒤 네이 마르는 약간의 섭섭함을 드러내곤 했다.

"미안. 이번에는 너하고 교환해야지."

"내가 파리 생제르맹으로 이적한 게 그것 때문인 거 알아?"

"뭐라고?"

"바르셀로나에 있어봤자 레오한테 밀려서 2인자 대접만 줄기차게 받을 거라는 걸 알고 있었거든. 그래서 파리로 이적했던 거야."

"……그게 그때 유니폼을 교환 안 해주어서였다는 거야?"

"어. 이제야 유니폼을 교환받을 수 있겠군."

진담인지 아닌지는 모르겠지만 어쨌든 한수로서는 그 말에 내심 기분이 나쁘지만은 않았다.

네이마르가 자신한테 자극 받아서 파리 생제르맹으로 이적한 것이니까.

그렇게 짧은 대화를 주고받는 사이 선수들이 각자 진영으로 흩어지기 시작했다.

이제 후반전 경기를 시작할 차례였다.

완전히 11명 모두 뒤바뀐 세계 올스타팀과 다르게 맨체스터 시티는 여전히 선수 그대로 고정되어 있었다. 그리고 세계 올스타팀의 문제점이 여실히 드러났다.

그건 조직력 문제였다.

여기 모인 선수들 대부분 호흡을 맞춰보는 건 오늘이 처음이었다.

그렇다 보니 조직력이 많이 부족했고 그것 때문에 그들은 제대로 된 경기력을 보이질 못했다.

그것은 맨체스터 시티에게 고스란히 노출됐고 맨체스터 시티는 그 약점을 맹렬하게 파고들었다.

동시에 가장 빛나기 시작한 선수는 역시 한수였다.

한수는 때로는 크로스를 올리면서, 때로는 직접 돌파를 시도하면서 경기장을 누볐고 그럴 때마다 서로 간에 호흡이 맞지 않는 세계 올스타팀 선수들은 허둥지둥 헤매야 했다.

그래도 개인 기량을 바탕으로 어찌어찌 실점만큼은 막고 있었지만 그들 모두 위험한 상황에 처해 있는 건 부정할 수 없는 사실이었다.

"아, 지상에서 가장 화려했던 이벤트가 막을 내렸습니다! 박유성 선수와 강한수 선수가 주최한 이번 드림컵은 맨체스터 시티가 어째서 월드 챔피언 클럽이 되었는지 다시 한번 입증하는 대회였습니다. 맨체스터 시티가 세계 올스타팀을 5 대 3으로 꺾고 승자가 되었습니다!"

후반전에 모두 4골이 터져 나왔다.

각 팀의 득점자는 이러했다.

세계 올스타팀은 크리스티아누 호날두와 리오넬 메시가 각각 1골, 후반전에는 네이마르가 기어코 1골을 넣으며 그들의 가치를 입증해냈다.

맨체스터 시티는 강한수가 3골, 세르히오 아게로가 1골, 가브리엘 제수스가 1골씩 넣으며 여전히 건재함을 과시했다.

하지만 여기 모인 대부분의 프리미어리그 감독들은 눈치채고 있었다. 맨체스터 시티의 2019-2020 시즌은 실망스러운 시즌이 될 게 분명하다는 것을 말이다.

그들의 팀이 하나의 팀으로 굴러가게끔 기능하는 선수는 강한수였다. 그가 있어야 맨체스터 시티는 굳건함을 자랑할 수 있었다.

그러나 강한수가 없는 맨체스터 시티는 앙꼬 없는 찐빵이나 마찬가지였다.

강한수가 있기에 지금의 강력한 맨체스터 시티가 존재할 수 있는 것이었다.

실제로 강한수는 3골 2어시스트를 기록하며 이번 드림컵의 MOM으로 우뚝 설 수 있었다.

경기가 끝난 뒤 크리스티아누 호날두와 리오넬 메시, 네이마르가 한수에게 다가왔다.

수백 대가 넘는 카메라가 그들에게 앵글을 맞췄다.

올해 서른네 살이 되는 크리스티아누 호날두가 한수를 보며 물었다.

"한스, 진짜 은퇴할 거야?"

"응, 내 결심에는 변함이 없어."

"아쉽군. 너하고 또 한 번 정상에서 겨뤘으면 했는데 말이야."

투쟁심이 넘치는 크리스티아누 호날두다운 대답이었다.

리오넬 메시도 아쉬운 표정을 지었다. 그것도 잠시 그가 웃으며 인사를 건넸다.

"오늘 경기 즐거웠어. 덕분에 좋은 경험을 하게 됐어. 우리에게나, 팬에게나."

네이마르는 다짜고짜 입고 있던 유니폼을 벗어 건넸다.

"교환하기로 했지?"

"오케이."

한수가 유니폼을 벗어 건네려 할 때였다.

크리스티아누 호날두와 리오넬 메시도 한수에게 유니폼을 벗은 다음 내밀었다.

졸지에 1 대 3인 상황이 되어버렸다.

고민 끝에 한수가 입을 열었다.

"내게 좋은 방법이 있어."

"좋은 방법?"

"설마 네 유니폼을 세 갈래로 나누자는 건 아니겠지?"

"말도 안 되는 소리할 거면 하지도 마."

"이 대회의 의의를 생각해 봐."

"……그렇다면 양보하겠어."

"나도."

아직 알아듣지 못한 네이마르만 고개를 갸웃거렸다.

한편 박유성은 손태석과 대화를 나누고 있었다.

"형, 초대해 줘서 고마워요. 제가 여기 나갈 짬이 되냐고 얼마나 욕먹었는지 몰라요."

"에이, 네가 안 오면 누가 여길 나오겠냐? 그동안 네가 얼마나 꾸준히 드림컵에 출전했는지 아는 사람은 다 알 거야."

손태석이 그 말에 싱글벙글 웃었다.

그것도 잠시 그는 크리스티아누 호날두, 리오넬 메시, 네이마르 세 선수에게 둘러싸여 있는 강한수를 빤히 쳐다보며 말했다.

"분명히 유스나 청대일 때만 해도 저런 선수는 없었거든요. 성인 시절에도 그렇고. 그런데 갑자기 불쑥 튀어나왔단 말이에요. 문제는 유학 갔다 온 적도 없고 하다못해 중학교나 고등학교 때 축구해 본 적도 없다는데……. 참 대단한 거 같아요. 저런 선수들과 함께 어울려 있다는 거. 진짜 멋있네요."

"너도 더 열심히 해봐. 그럼 언젠가 저 위치에 올라설 수 있지 않겠어?"

"하하, 제가요? 휴, 그랬으면 좋겠는데…… 노력해 봐야죠. 근데 무슨 대화를 저렇게 나누는 걸까요? 어? 유니폼 교환하려고 하나?"

"글쎄. 원하는 사람은 셋인데 가진 건 하나잖아. 교환이 가능할까?"

박유성은 어깨를 으쓱거렸다.

그로서는 저들 간의 교환이 절대 이루어질 것 같지 않았다.

그렇게 팬들의 기대를 충족시켜 준 드림컵이 끝이 났다.

직관한 팬들은 생애 가장 기억에 남는 경기를 볼 수 있어서 행복해했고 직관하지 못한 팬들도 꿈에서나 상상해 본 이번 대회를 볼 수 있어서 행복해했다.

이 경기를 보기 위해 한국을 찾은 셀레브리티들도 기뻐하는 한편 아쉬움을 감추지 못했다.

또 한 번 이런 이벤트 대회가 열렸으면 하는 바람에서였다.

그러나 그것도 잠시 그들을 고민에 빠지게 만든 이야기가 뉴스에 떴다.

강한수, 크리스티아누 호날두, 리오넬 메시 그리고 네이마르.

이들이 이번 드림컵 때 입은 유니폼을 이베이를 통해 판매하겠다고 한 것이었다.

판매 수익은 모두 아이들을 위한 자선사업에 쓰일 것이며 이것은 선수 네 명 모두 동의한 일이었다.

그뿐만 아니라 유니폼을 구매하여 자선사업에 도움을 준 사람에게는 각 유니폼을 산 선수와 저녁 식사를 함께할 수 있는 행운이 주어진다고 되어 있었다.

그리고 그 날 저녁, 강한수의 유니폼을 차지하기 위한 경쟁이 붙기 시작했다.

　유니폼 가격은 이미 천정부지로 치솟고 있었다.

# CHAPTER 3

이베이 측은 곤욕을 치르고 있었다.

평소보다 서버 접속자 수가 수십, 수백 배를 넘어서고 있었다.

그들이 지금 몰려드는 이유는 단 하나, 강한수의 유니폼을 구매하기 위해서였다.

기본적인 보증금을 넣어야 하는 경매 특성에도 불구하고 유니폼 가격은 천정부지로 치솟고 있는 중이었다.

결국 이베이는 유니폼 가격이 백만 달러를 넘어섰을 때 유니폼 경매를 일시적으로 멈췄다.

그 대신 그들은 유니폼 경매를 소더비 측에 의뢰했다.

소더비(Sotheby's) 경매회사는 크리스티(Christie's)와 더불어 세계 2대 경매회사에 속하는 곳이었다.

이베이와 소더비는 오래전부터 함께 합작해서 온라인 실시간 경매를 진행하고 있었다.

물론 1년 만에 열악한 시장 여건 때문에 사업을 접기도 했지만 점점 더 발달하는 온라인 시장에 맞춰 그들 역시 재차 온라인 경매를 진행 중에 있었다.

어찌 되었든 간에 그동안 몇천만 달러 정도 되는 고가의 작품이 거래된 적은 적지 않았지만 축구 선수의 유니폼이 이렇게 화제가 된 경우는 드물었다.

경매를 연 지 단 하루 만에 백만 달러를 넘었으니 경매가 계속 진행될 경우 낙찰가가 얼마나 될지는 예측 불허였다.

뉴욕 맨해튼 요크 애비뉴(York Avenue) 이스트 71-72 스트리트에 위치해 있는 소더비 본사.

소더비의 최고 경영자(CEO:Chief Executive Officer)는 고개를 절레절레 저었다.

"이런 경우는 참…… 처음이군요."

그동안 숱한 예술품들을 경매했지만 축구 선수의 유니폼이 경매에 올라올 줄은 전혀 예상치 못한 일이었다.

"게다가 허허, 이럴 수가……."

소더비 경매 회사의 최고 경영자 데이비드 굿맨(David Goodman)이 혀를 내두른 이유는 다른 게 아니었다. 처음에만 해도 그는 이번 유니폼 경매를 대수롭지 않게 생각했다.

하지만 그 마음이 바뀐 건 경매에 참가하고자 하는 사람들의 면면을 본 뒤였다.

우선 맨체스터 시티의 구단주이자 아랍에미리트 아부다비의 왕자 만수르가 경매에 참여했고 파리 생제르맹의 구단주 셰이흐 타밈 빈 하마드 알사니도 경매에 참여했다.

그들만이 아니었다.

축구계에 발을 담고 있는 인사라면 누구든 이번 유니폼에 혈안이 되어 있었다.

그들이 이 유니폼을 얻고자 하는 이유는 단 하나였다.

어쩌면 다신 축구계에 복귀하지 않을 강한수.

그가 세계 올스타팀을 상대로 해트트릭을 기록하며 마지막 마무리를 한 경기, 그 경기에서 입은 마지막 맨체스터 시티 유니폼이었기 때문이다.

특히 가장 많은 관심을 보인 건 만수르 왕자였다.

그는 어떻게든 이 유니폼을 자신이 가져가겠다고 벼르고 있었다.

데이비드 굿맨은 머리를 긁적였다.

그렇지만 그들은 경매회사였고 경매 물품이 준비된 만큼 경매를 진행할 필요가 있었다.

그러나 세계적인 부자들이 경매에 대거 참여하는 만큼 낙찰

가는 천정부지로 치솟을 게 분명했다.

그들의 대리인들이 맥시멈 없이 무제한으로 경매가를 지를 것처럼 보였기 때문이다.

데이비드 굿맨은 새삼 강한수에 대한 인식을 달리 할 수밖에 없었다.

강한수는 드림컵 이후 한동안 쏟아지던 인터뷰를 모두 무시했다.

정말 많은 매체에서 그를 만나고 싶어 했다.

축구 관련 매체는 물론 각종 공영방송국에서도 한수와 인터뷰를 하려 했다.

그래서 한수의 유니폼이 경매에 오른 것과 별개로 한수의 독점 인터뷰를 놓고 그들끼리 경매를 붙이려 하기도 했다.

하지만 정작 당사자인 한수가 인터뷰를 원하지 않고 있다 보니 억만금을 들여도 인터뷰를 하는 건 불가능한 일이었다.

한수는 인터뷰를 하는 대신 집에서 휴식을 취했다.

일단 드림컵은 성공리에 마무리 되었다.

그 덕분에 모인 후원금도 엄청나게 많았다. 그 모든 후원금은 아이들의 복지를 위해 쓰일 예정이었다.

이 기간 동안 한수를 만나고 싶어 한 사람은 정말 많았다. 할리우드 스타들을 비롯해서 세계적인 명사, 정치인까지.

한수를 만나고 싶어 하는 사람들은 5톤 트럭 수백 대에 태워 늘여놓아도 될 만큼 쌓여 있었다.

그러나 한수는 드림컵이 끝난 뒤 이벤트 매치를 앞두고 열심히 시공 속에 빠져 있었다.

뭐 하나 한수는 빼놓을 생각이 없었다.

자신에게 주어진 일은 맡은바 성실하게 해낼 생각이었다.

그것은 히어로즈 오브 레전드 이벤트 매치도 마찬가지였다.

꾸준히 방송을 한 덕분에 트위치TV 시청자 수는 1만 명을 넘어가고 있었다.

채팅도 없고, 마이크도 없고, 캠도 없었지만 한수의 플레이 하나하나에 시청자들은 열광했다.

그러면서 챌린저이자 트위치TV 스트리머인 Hans와 SBV팀의 미드라이너 엠페러 이신혁 이들 두 명 중 누가 더 잘하는지에 관한 논쟁은 계속되고 있었다.

그러나 한수는 그 논쟁에 가타부타 말을 하지 않았다.

근소적으로 자신이 우위일 수는 있었다. 하지만 실제 경기에서는 어떨지 알 수 없는 일이었다.

왜냐하면 히어로즈 오브 레전드는 개인전이 아닌 팀전이기 때문이다.

실제로 맨체스터 시티 선수로 뛰면서 한수는 몇 차례 패배한 적도 있었다.

그가 슈퍼플레이를 한다고 해서 무조건 승리를 거머쥘 수 있는 건 아니었다.

한수 한 명이 잘해도 다른 선수들이 잘하지 못하면 의미 없는 일이기 때문이다.

팀전은 언제나 그런 변수를 안고 있게 마련이었다.

만약 팀전이 아닌 개인전일 경우 한수는 무조건 정점에 올라설 자신이 충분했다.

그에게는 채널 마스터의 신비한 능력이 존재하기 때문이다. 그러나 팀전에서는 항상 변수가 생기게 마련이었다.


그렇게 히어로즈 오브 레전드 이벤트 대회를 열흘 앞뒀을 때 프리미어리그가 개막했다.

2019-2020시즌이 시작된 것이었다.

한수는 개막전을 직관하고 싶으면 전용기를 보내주겠다는 만수르의 제안을 거절한 채 집에서 홀로 경기를 보고 있었다. 바로 내일 또 촬영이 예정되어 있어서였다.

그러나 생각 외로 경기는 맨체스터 시티에 유리하게 흐르지 않고 있었다.

홈 개막전인데도 불구하고 맨체스터 시티는 시종일관 무기력한 모습을 보였고 패스의 흐름도 원활하지 않았다.

해설자는 연신 강한수의 공백이 이런 현상을 만들어냈다고 이야기하고 있었다.

그렇게 전반전 내내 끌려 다니던 맨체스터 시티는 자책골을 허용하며 1 대 0으로 밀리고 있었다.

한수는 경기를 보며 아쉬움을 드러냈다. 경기 내용이 전체적으로 아쉬웠다.

그때 휴대폰이 울렸다. 발신자를 확인해 보니 노엘 갤러거였다.

"노엘?"

-이 자식아! 네가 은퇴하는 바람에 이렇게 됐잖아!

"예? 저 때문에요?"

-그래. 지금 개막전 안 보고 있어?

"아뇨. 보고 있었죠. 전체적으로 경기력이 썩 좋지 않네요."

-그게 다 뭐 때문이겠냐? 네가 없기 때문이야! F***!

"설마요. 선수 하나 없다고 그렇게 되겠어요? 저 없이도 잘해야 맞는 거죠."

-됐고. 빨리 은퇴 번복하고 다시 맨체스터로 돌아와! 우리 블루즈는 너를 필요로 한다고!

동시에 노엘이 스피커폰으로 통화를 바꿨다.

에티하드 스타디움에서 한수를 목 놓아 부르는 노랫소리가

울려 퍼지고 있었다.

-킹한수~ 우리는 너를 필요로 해! 킹한수~!

맨체스터 시티의 킹(King) 한수가 돌아오길 다들 바라고 있는 것이었다.

한수는 자신을 목 놓아 부르는 팬들의 외침에 순간 울컥했지만 그렇다고 해서 다시 선수로 복귀할 수는 없는 노릇이었다.

그러기에 한수에게는 원대한 목표가 있었다.

채널 마스터.

그것이 한수의 궁극적인 목표였다.

-휴, 네가 선수로 뛰는 모습을 보고 싶다.

"……제가 노엘의 밴드 보컬리스트로 뛰는 것하고 맨체스터 시티 선수로 뛰는 것, 둘 중 뭐가 더 좋은데요?"

-그야 당연히…… 맨체스터 시티의 선수지.

"진담이에요?"

-그럼. 축구는 내 영혼에 흐르고 있다고.

한수는 고개를 절레절레 저었다.

노엘과 리암.

이들 형제의 축구 사랑은 정말 알아줄 만했다.


통화를 끝낸 뒤 한수는 후반전을 재차 보기 시작했다.

그래도 후반전 경기력은 나쁘지 않았지만 맨체스터 시티는 전반전 자책골을 만회하지 못한 채 1 대 0으로 석패하고 말았다.

한 시즌이긴 하지만 자신이 뛰었던 팀이 이렇게 패배한 모습을 보고 있자니 마음 한구석이 허전했다.

지금이라도 당장 맨체스터 시티에 선수로 복귀하고 싶은 마음도 있었다.

그렇지만 한수는 그런 마음을 억눌렀다.

그리고 그는 아쉬운 마음을 뒤로 한 채 텔레비전을 껐다.

경기 다음 날 더 선(The Sun)을 비롯한 잉글랜드 축구 매거진에는 맨체스터 시티의 패배를 대문짝하게 다뤘다.

킹(King)의 부재.

그들이 꼽은 맨체스터 시티 패배의 원인이었다.

한 시즌 뛰었지만 그 정도로 한수가 갖고 있는 영향력은 엄청났던 것이다.

게다가 기사 말미에는 강한수 복귀를 청원하는 운동이 맨체스터 시티 팬들 사이에서 일어나고 있다는 말도 있었다.

-와, 진짜 강한수 있고 없고 차이가 그렇게 큼?

-어. 강한수 없으니까 중위권 팀이 되어버림. ㄹㅇ

-근데 강한수 이미 은퇴한 거 아니야? 다시 복귀할 수는 있어?

-복귀는 가능하지. 본인이 복귀하고 싶다면 복귀하는 건데…… 이미 이룰 거 다 이뤘는데 굳이 복귀하려 할까?

-나도 이 말에 공감. 복귀했는데 팀 성적 계속 개판이어 봐. 그럼 강한수도 거품 꼈다는 말 나올 게 뻔한데 굳이 무리수 둘 필요 없잖아.

-그리고 한 경기 졌다고 벌써부터 위험론이 나오는 게 말이 되냐? 잠깐 슬럼프 빠진 걸 수도 있지.

-근데 요새 강한수 뭐함? 놀고먹는 건가?

-대학교 복학한다는 이야기 있던데?

-거기에 황 피디하고 촬영 찍고 있잖아.

-응? 진짜? 방송 중임?

-아니. 촬영만. 방송은 아직 멀었을 걸. 푸드 트럭 같은 거 타고 다니면서 요리해 주는 거라고 하더라.

-돈 받고 파는 거?

-ㄴㄴ. 아동병원이나 양로원 같은 곳 찾아가는 모양이더라.

-어? SNS에 글 올라왔다. 지금 한창 촬영 중이라는데?

-어딘데?


「힐링 푸드」 제작진이 두 번째 촬영지로 선정한 곳은 고등학교였다.

이제 수학능력시험을 90여 일 정도 앞둔 수험생들을 위한 힐링푸드를 만들기 위해서였다.

한창 야간자율학습 중이던 고등학생들은 한수와 최형진 쉐프의 푸드 트럭에 각각 길게 줄지어 서 있었다.

그들은 두 사람이 준비한 음식들을 맛보며 연신 감탄을 멈추지 못했다.

개중 몇몇은 한수에게 사인을 요청하기도 했다.

한수는 이제 어딜 가도 사람들의 이목을 단숨에 사로잡는 유명 인사였다.

그렇게 고3 수험생들이 스마트폰으로 각종 기사를 읽으며 두 팀이 정성껏 준비한 요리를 마음껏 먹으며 배를 불리고 있을 때였다.

평소 E스포츠, 그것도 히어로즈 오브 레전드에 관심이 많던 몇몇 아이가 최근 막 뜬 기사를 보고 눈을 휘둥그레 떴다.


「히어로즈 오브 레전드 이벤트 매치 - 로스터 발표!」

히어로즈 오브 레전드 홀드컵을 앞두고 이벤트 매치가 열린다.

최소 다이아몬드 이상으로 구성이 된 연예인들과 홀드컵 이후 홀스타 전에 출전할 선수들끼리 단판전으로 경기를 치를 예정이다.

결승전 이후 열리게 될 이번 이벤트 매치에 참가하게 될 선수 명단은 아래와 같다.

그 아래에는 우선 홀스타로 선발 예정이 된 선수들 이름이
줄줄이 띄워져 있었다.

그리고 그들은 누가 연예인 팀으로 출전할지 확인하기 시작
했다.


탑라이너 블루블랙 양훈, 다이아몬드 1티어

정글러 팬텀 김찬, 다이아몬드 1티어

미드라이너 강한수, 챌린저

원거리딜러 V.I.P 신태훈, 다이아몬드 1티어

서포터 배우 이승준, 다이아몬드 3티어


"와, 다이아몬드 많네."

"노래 연습은 안 하고 만날 게임만 하나?"

"어? 뭐야? 챌린저도 있는데?"

"미친. 누구…… 잠깐만. 강한수?"

그들은 놀란 얼굴로 푸드 트럭에서 열심히 조리 중인 한수
를 쳐다봤다.

"설마?"

"아니겠지?"

인터넷에서의 반응도 별반 다르지 않았다.

경악, 불신 등 믿을 수 없다는 반응이 줄을 잇는 가운데 누군가 댓글을 남겼고 금세 화제가 되었다.


[혹시 챌린저 1위 Hans가 강한수 씨 아니에요?]


한 사람이 올린 글로 인해 게시판이 뜨겁게 달아올랐다.

챌린저 1위이자 트위치TV 스트리머로도 유명한 Hans.

그리고 그와 동일인물로 추정되고 있는 강한수.

강한수 역시 챌린저 티어의 연예인 참가자였기 때문에 사람들의 추측이 그쪽으로 쏠릴 수밖에 없었다.


-꽤 말이 되는데요? 실제로 미국이나 유럽 쪽에서 한스 신드롬(Hans Syndrome)이라는 게 붙었다고 하지 않았나요?

-ㅇㅇ 맞음. 그때 한수 이름 부르기 어렵다고 한스로 부르면서 이름이 한스로 굳혀짐. 지금도 외국 나가면 강한수 이름이 한스고 한국 사람이 아니라 독일 사람으로 착각하는 경우도 꽤 많다고 들음.

-와…… 만약 이게 사실이라면 진짜 미쳤다.

-솔직히 KV팀에서 강한수 연봉 엠페러 못지않게 제시했다고 들었을 때만 해도 아마추어치고는 진짜 많이 부른 건데 무

조건 가야 하는 거 아니냐 그렇게 생각했거든요.

-나도 나도.

-솔직히 그때 욕 존나 먹지 않았나?

-트위치TV 채팅창 가서 난리친 애들도 많았던 걸로 기억함.

-대부분 KV 팬들이었을 걸? 연봉으로 20억 넘게 주겠다는데 거절했다고 그때 엄청 욕먹었잖아.

-……걔네만 그런 거 아님. 우리도 반성해야 함.


대략 보름 전 KV팀은 강한수에게 엠페러와 동등한 대우를 제시한 적이 있었다.

그 당시 엠페러 이신혁의 연봉은 20억 원.

웬만한 프로 야구 선수보다 몸값이 비쌀 정도였다.

그러나 챌린저 Hans는 그 제의를 거절했다.

그 때문에 그것이 기사화되고 일각에서는 Hans를 욕하는 사람들이 늘어나기 시작했다.

돈에 눈이 멀었다는 게 바로 그 이유였다.

그리고 그 대부분은 KV팀 팬들인 경우가 많았다.

그들은 한수 방송에서 패악질을 서슴지 않고 부렸고 욕설이 끊이질 않았다.

그뿐이랴.

갓벤에서도 연일 Hans를 성토하는 글이 올라오곤 했다.

그 정도로 KV팀이 제시한 조건은 파격적이었다.

하지만 Hans가 강한수인 게 알려진 뒤 사람들의 태도가 돌변했다.

그럴 수밖에 없었다.

상하이 선화에서 강한수에게 제시한 연봉은 무려 600억 원.

그런데 강한수는 그 연봉마저 단칼에 거절하며 맨체스터 시티 팬들로부터 엄청난 지지를 받고 있었다.

그런 그가 고작 연봉 20억 원에 KV팀에 입단한다는 게 말이 안 되는 일이었다.

KV팀도 그것을 알고 있었지만 그런데도 강한수를 미드라이너로 영입했으면 싶은 마음에 그에게 그런 제의를 넣은 것이었다.

그러나 한수는 굳이 히어로즈 오브 레전드 프로팀에서 뛰고 싶은 생각은 없었다.

이번 이벤트 매치를 통해 텔레비전에 출연한 다음 OZN채널을 확보하면 그만이었다.

그가 노리는 건 그게 전부였다.

만약 이벤트 매치여서 OZN 채널을 확보할 수 없게 된다면?

그건 그때 가서 생각해 볼 문제였다.

실시간으로 올라오는 글들을 읽던 고등학생 몇몇이 한수에게 다가갔다.

슬슬 촬영을 끝내고 뒷정리 중이던 한수가 의아한 얼굴로 그들을 쳐다봤다.

"무슨 일 있어요?"

"저……."

"뭔데요?"

"혹시 그 트위치TV 스트리머 Hans가…… 형 맞아요?"

갑작스러운 이야기에 승준을 제외한 다른 사람들이 고개를 갸웃거렸다.

황 피디는 귀를 쫑긋 세웠다.

한수는 대수롭지 않다는 얼굴로 대답했다.

"맞아요. 그런데 어디서 들었어요?"

"인터넷에 기사가 떴어요. 못 보셨어요?"

한수는 그 말에 휴대폰으로 인터넷에 접속했다.

그 말대로 기사가 떠있었다.

"와, 대박. 저 사인 한 장만 더 해주세요."

"네? 아까 해드렸……."

"이번에는 챌린저 1위 Hans! 이렇게 해주시면 안 돼요?"

"아하하."

한수가 어색하게 웃다가 재차 사인을 해서 건넸다.

이것은 챌린저 1위 Hans의 사인 1호였다.

그 이후 고등학생 몇몇이 더 사인을 받아갔다.

희희낙락하는 고등학생들이 떠나간 뒤 서현이 한수에게 슬쩍 다가와서 물었다.

"한수야, 쟤네들이 지금 무슨 소리 하는 거야?"

승준이 불쑥 끼어들었다.

"누나, 히어로즈 오브 레전드라는 게임 아세요?"

"응, 알지. 그거 모르는 사람도 있어?"

승준이 어깨를 으쓱하며 대답했다.

"한수 형이 지금 그 게임 랭킹 1위에요. 그래서 이번 이벤트 대회에 미드라이너로 참가하게 됐어요."

"어? 한수가? 진짜?"

서현이 당황해할 때 가만히 이야기를 듣던 황 피디가 입을 열었다.

"짐작은 했는데 사실이었네요."

"어? 황 피디님은 알고 계셨어요?"

"예. 알고 있었죠. 그때 유튜브 댓글하고 기사 보고 알았어요. KV팀이 한수 씨 영입하려 했다던데 사실이었나 봐요?"

어차피 이미 알려진 이야기들이다.

숨길 이유는 없었다.

한수가 고개를 끄덕였다.

"예, 맞아요. 그런데 프로게이머로 뛰고 싶은 생각은 없어서요."

"……돈 문제 때문이에요?"

민감한 질문이다.

황 피디가 조심스럽게 물었다.

충분히 가능한 이야기다. 국내에서는 한수의 몸값을 맞춰 줄 만한 구단이 전혀 없다. 상하이 선화에서 내민 연봉 600억 때문이다.

돈 때문에 거절했다고 해도 누구도 뭐라 할 수 없는 것이다.

실제로 네티즌들의 반응도 그러했다.

처음에만 해도 Hans를 욕했던 사람들은 지금 와서는 제대로 태세 전환을 하고 있었으니까.

한수가 고개를 저었다.

"아뇨. 돈 때문은 아니에요."

의외였다. 황 피디가 눈을 휘둥그레 떴다.

"정말이에요?"

"설마 돈 때문인 줄 아셨던 거예요?"

"아, 그게, 어, 음……."

황 피디가 쩔쩔매기 시작했다. 한수가 그 모습을 보고는 방긋 웃었다.

"괜찮아요. 뭐 누구라도 그렇게 생각할 수 있죠."

보통 돈이 아니다.

무려 600억 원이다.

일 년 뛰고 600억 원을 받을 수 있다.

괜히 카를로스 테베즈가 상하이 선화에서 뛰고 있는 게 아니다.

황 피디가 의아한 얼굴로 물었다.

"돈 때문이 아니면 왜⋯⋯."

"복학해야 하거든요. 올해 2학기 다시 복학해요."

"아."

학업 때문이라는 말에 황 피디는 고개를 끄덕일 수밖에 없었다.

그렇다는데 뭐라 할 수도 없는 노릇이었다. 그것도 잠시 황 피디가 한수를 빤히 보며 말했다.

"한수 씨, 내가 말이야. 진짜 좋은 아이템이 많이 있거든. 이게 다 한수 씨 생각하면서 모아둔 건데 이건 나하고 같이 찍을 거지?"

"예? 저 말고 다른 연예인도 많잖아요."

"아니, 이게 다 한수 씨를 주연으로 생각하고 기획안 짜고 그랬던 것들이라. 한수 씨가 안 나오면 답이 없어요. 그러니까 나하고 평생 함께하자고. 응?"

"⋯⋯출연료 보고 생각해 볼게요."

"뭐? 방금 전까지는 돈은 별문제 아니었다며?"

"공은 공이고 사는 사죠."

"뭐? 아니, 우리 사이에 그런 게 어딨어!"

"……하하, 시간 나면 생각은 해볼게요."

황 피디가 간절한 눈빛으로 한수를 바라봤다. 그러나 한수는 그 끈적지근한 눈빛을 애써 피했다.

철벽같이 단단한 한수의 방어에 황 피디가 아쉬움을 뒤로한 채 향후 촬영 계획을 이야기했다.

"이제 마지막 촬영입니다. 촬영지는 양로원으로 생각 중에 있습니다."

첫 촬영은 아동병원에서 이루어졌다.

두 번째 촬영은 수학능력시험을 얼마 안 앞둔 고등학교였다.

세 번째 촬영은 양로원, 나쁘지 않은 결정이다.

그때 최형진 쉐프가 황 피디를 보며 물었다.

"직장인들은 어떤가요? 출근 전 직장인들 상대로 해도 괜찮지 않을까요?"

"그것도 나쁘지 않긴 한데……. 이게 장소 협조가 가능할지 모르겠어서요. 또, 안전 문제도 걱정이고요."

황 피디가 입술을 깨물었다.

직장인들도 고려해 보지 않은 건 아니었다.

어쩌면 황 피디가 연출하고 있는 프로그램 특성상 가장 높은 시청률은 20대-30대에서 나올 게 분명했다. 그리고 그들에게 직접적으로 다가갈 수 있는 장소와 시간대는 직장인들의 출근이 붐비는 곳 그리고 아침 출근 시간이었다.

"최형진 쉐프님 말에도 일리가 있네요. 한번 고려해 보고 알아보도록 하겠습니다."

"뭐, 결정은 어디까지나 황 피디님께서 하시는 거니까요."

"아뇨. 괜히 섣부르게 피하려 했나 싶은 생각도 있긴 하네요. 사실 가장 좋은 건 직장인들을 상대로 촬영하는 거긴 하니까요. 좋아요. 제대로 준비해 보죠."

황 피디가 씩씩하게 대답해 보였다.

"그럼 마지막 촬영은 언제 하는 건가요?"

"예정대로 다음 주에 할 생각입니다. 미리 연락드리겠습니다."

그리고 두 번째 촬영도 무사히 종료됐다.

촬영은 무사히 끝났다.

하지만 촬영이 끝난 것과 별개로 여전히 한수는 화제의 중심에 올라 있었다.

드림컵부터 시작해서 한수의 이름은 좀처럼 실시간검색어 순위에서 내려온 적이 없었다.

게다가 이번 히어로즈 오브 레전드 이벤트 매치에 연예인 대표 중 한 명으로 참가한다는 소식이 기사로 나왔을 때 또 한

번 실시간 검색어 순위에 올라가게 됐다.

그것을 보며 가장 속 아파하는 사람은 따로 있었다.

구름나무 엔터테인먼트의 3팀장이었다.

3팀장은 한수가 자신에게 제의했던 제안을 여전히 고려 중이었다.

그는 1인 기획사를 차리고 싶어 했다.

구름나무 엔터테인먼트에 다시 들어오는 건 싫어했다.

그 이유는 짐작할 만했다. 구속받는 게 싫다는 의미일 터였다.

실제로 한 곳에 소속되어 있으면 원치 않은 촬영을 하게 될 때도 없지 않아 있기 때문이다.

만약 한수가 구름나무 엔터테인먼트 소속이었으면 온갖 만찬에 불려갔을 가능성이 농후했다.

구름나무 엔터테인먼트의 이형석 대표가 그것을 꺼려하는 인물이라지만 윗선의 입김을 막는 건 쉽지 않은 일이다.

실제로 한수는 지금 권력층의 이목을 한눈에 사로잡고 있었다.

그 정도로 단시간에 이렇게 인기를 쌓아 올린 사람은 많이 없었다.

윤환이 생각에 잠긴 3팀장을 보고는 고개를 갸웃하며 물었다.

"형, 무슨 생각 중이야?"

"아, 그게……."

"한수 생각 중이구나. 왜? 그 녀석 제안이 마음에 들어?"

"글쎄다. 솔직히 우리 회사가 나쁜 건 아니잖아. 이 대표님도 아티스트들 대우 잘 해주고 또 억지로 등 떠미는 것도 아니고."

"그걸 알면서 뭘 그렇게 고민해?"

"뭐, 지금 나는 유명무실한 상태잖아. 내가 팀장 직함을 달고 있지만, 실질적으로는 팀장이라고 불릴 수 없는 거 알면서 그러냐?"

윤환이 그 말에 어색하게 웃었다.

3팀장이긴 하지만 3팀에 소속되어 있는 연예인은 윤환 한 명뿐이었다.

지금 구름나무 엔터테인먼트 대부분의 아티스트는 1팀 또는 2팀에 속해 있었기 때문이다.

그래서 3팀장은 한수를 야심 차게 3팀의 희망으로 키워내려 했다.

그러나 한수가 맨체스터 시티에 입단해 버리면서 그것이 틀어져 버렸고 지금 3팀에 남은 건 윤환 한 명뿐이었다.

그래도 맨체스터 시티에 입단하면서 받은 1,800만 파운드 덕분에 3팀장에게 뭐라 하는 사람은 한 명도 없었지만 1년이 지난 지금 한수가 맨체스터 시티에 입단하는 걸 말렸어야 하지 않았냐는 여론이 더 팽배해지고 있었다.

　그런 상황에서 3팀장은 점점 더 궁지에 몰릴 수밖에 없었다.

　"그보다 너는 재계약 안 하냐? 너마저 재계약 안 하면 나 책상 빼야 한다."

　3팀장이 자조적인 얼굴로 말했다. 윤환도 곧 계약이 만료될 예정이었다.

　그는 배우, 가수, 예능 어느 분야든 다재다능한 엔터테이너였기 때문에 그를 섭외하고자 하는 매니지먼트가 부지기수였다.

　그렇다 보니 구름나무 엔터테인먼트도 윤환과 재계약하는 데 있어서 적잖은 부담을 느끼고 있었다.

　"글쎄. 고민 중이야. 얼마 전 황 피디님한테 연락 왔었거든."

　"어? 왜?"

　"한수도 이제 귀국했으니까 「하루 세끼」 시즌3 촬영하는 거 어떻겠냐고 이야기하더라고. 형은 왜 처음 듣는 얼굴이야?"

　"진짜 처음 듣는 건데?"

　"응? 황 피디님 말로는 회사에서 형한테도 연락 갈 거라고 했다던데. 뭐지?"

　"……설마 한수 때문에 그런 건 아니겠지?"

　"중간에 누가 끊었을 가능성도 있지."

　"……."

　두 사람이 고민에 잠겼다.

조금 더 생각할 시간이 필요했다.


「힐링 푸드」는 라이브 방송이 아니다 보니 종종 방송 내용이 미리 밝혀지곤 했다.

이를 테면 이번에 한수 팀은 어떤 요리를 만들었고 또 어디서 촬영 중이다, 등등.

그러면서 그것 덕분에 사람들이 더 많이 몰리는 효과를 보여주곤 했다.

황 피디는 처음 생각했던 양로원을 배제하고 직장인들이 많이 몰리는 지역을 물색하기 시작했다. 그리고 그가 물색하다가 찾아낸 곳은 구로디지털단지역이었다.

아무래도 구로디지털단지역 주변에는 한국수출산업 제1차 국가산업단지와 제2차 국가산업단지가 있는 탓에 의류 섬유 회사와 정보기술(IT) 벤처회사, 소상공인들이 거대한 산업군을 이루고 있었다.

그런 만큼 출퇴근시간이나 점심시간에 직장인들이 많이 붐빈다는 이야기였고 촬영에도 용이할 가능성이 농후했다.

'사람이 많이 몰릴 수 있다는 게 조금 마음에 걸리긴 하지만……'

황 피디가 걱정하는 건 안전이었다. 한수나 최형진 쉐프 둘다 인기인이었다.

특히 한수의 인기는 지금 한국에서 웬만한 슈퍼스타 저리
가라 할 정도로 어마어마했다.

그들의 안전이 최우선이었다.

황 피디는 지역을 정한 뒤 서울시청과 경찰청에 공문을 돌
리는 한편 연락을 취하기 시작했다. 출연자들의 안전을 위함
이었다.

한편 촬영이 끝난 뒤 한수는 집에서 푹 쉬고 있었다.

혼자 지내는 만큼 잔소리를 들을 필요도 없고 여유자적하
게 지낼 수 있다는 게 좋았지만 한편으로는 요리를 해먹어야
한다는 게 번거로운 것도 사실이었다.

웬만한 요리는 전부 다 해먹을 수 있었지만 그렇다고 해도
막상 요리를 해먹는 건 귀찮은 일임이 분명했다.

실제 쉐프들도 직장에서는 계속 요리를 만들지만 막상 퇴근
하면 요리를 잘 해먹지 않기 일쑤였다.

한수도 비슷했다.

그것도 잠시 한수는 본격적으로 요리를 준비하기 시작했다.

그는 텔레비전을 켰다.

지난번 박유성과 에브라를 초대해서 다 함께 위닝을 즐겼던

바로 그 텔레비전이었다.

채널 마스터의 능력이 담긴 구형 텔레비전은 서재에 고이 보관되어 있었다.

요리를 준비하며 리모컨을 돌리던 한수가 채널을 고정했다.

그가 고정시킨 채널에서는 한창 퀴즈쇼가 나오고 있었다.

한수가 이미 확보한 교양 영역의 채널이기도 했다.

한수는 커다란 냉장고에서 각종 채소를 꺼냈다.

그리고 칼로 채소들을 다듬기 시작했다.

송송송-

채소들이 한 치의 오차도 없이 차곡차곡 썰려 나갔다.

그때 퀴즈쇼에서 진행자가 참가자에게 퀴즈를 질문하는 장면이 나왔다.

[파키스탄의 수도는 어디일까요?]

참가자 한 명이 고심하는 사이 한수는 양파를 채 썰며 말했다.

"이슬라마바드."

그러는 사이 참가자가 대답했다.

[라왈핀디?]

한수는 고개를 절레절레 저었다.

라왈핀디는 오답이었다.

그러나 참가자의 나이를 생각해 볼 때 그가 그렇게 오인할 만한 이유는 있었다.

1969년에 개봉한 영화가 있다.

「테니스 신발을 신은 컴퓨터」라는 영화인데 이 영화의 퀴즈 쇼 문제로 파키스탄의 수도가 나온 적이 있다.

아역이었던 커트 러셀은 정답을 라왈핀디로 이야기했고 그 정답은 맞게 처리됐다.

그것 때문에 이 영화를 본 사람들은 정답을 라왈핀디로 오인하고 있다.

참가자가 틀린 것도 그 영화를 본 기억 때문일 것이다.

[땡! 정답은 이슬라마바드입니다.]

한수는 계속해서 요리를 만들어냈다.

머릿속에 있는 수많은 기억이 하나둘 튀어나왔다.

그것들이 각각의 개별적인 인격이 되었고 동시에 세계 각국의 요리들이 차곡차곡 식탁 위에 쌓이기 시작했다.

그러는 사이 한수는 퀴즈쇼 모든 문제의 정답을 하나도 빠짐없이 전부 다 맞추는 데 성공했다.

그리고 요리가 다 끝났을 때 한수는 식탁 위에 차려진 온갖 산해진미를 보고 혀를 내둘렀다.

못해도 수십 명이 먹어도 됨직한 요리들이 가득 차려져 있었다.

"······이거 어떻게 해야 하지?"

한수는 머리를 긁적였다.

음식을 낭비하면 안 된다는 건 어렸을 때부터 부모님이 자주 했던 말이다.

냉장고에 넣어두고 보관할 수 있겠지만 요리는 그때 만들어 먹는 게 가장 맛있다.

고민하던 한수는 일단 부모님에게 먼저 전화를 걸었다.

-지금 전화를 받을 수 없어서…….

한수는 눈매를 좁혔다.

그리고 그는 연락처를 재차 확인했다. 이 오찬을 누군가에게 대접하고 싶었다.

그는 고민 끝에 다른 사람에게 연락을 취했다.

이번에 연락을 건 사람은 윤환이었다. 얼마 지나지 않아 전화가 연결됐다.

"형, 전데요."

-아, 잠 잘 자고 있는데 왜?

"밥 안 먹었으면 밥 먹으러 와요."

-지금?

"네. 바로 오면 돼요."

-……석준 형하고 같이 가도 되지?

"그럼요. 같이 오세요."

-알았어. 석준 형한테 연락하고 바로 갈게.

"예."

일단 두 명은 섭외했다.

그 이후 한수는 주변 지인들한테 연락을 돌렸다. 승준, 지연, 서현에게도 차례차례 전화를 걸었다.

셋 다 오겠다고 대답을 해왔다. 황 피디나 유 피디는 바쁜 듯했다.

그 밖에 그는 「자급자족 in 정글」팀에게도 전화를 걸었다.

그러나 그들은 다들 스케줄을 소화 중이었다.

그렇게 되자 더 이상 연락할 곳이 마땅치 않았다.

월드 스타급 인지도를 얻고 있지만 정작 한수 연락처에 수록된 사람 수는 얼마 안 됐다.

한수는 그것을 보며 한숨을 내쉬었다.

남들은 연락처에 수백, 수천 명을 쌓아놓는다는데 정작 자신은 연락처를 알고 지내는 사람이 수십 명 수준이었다.

그나마 위안인 것은 외국 친구들이 많다는 점 정도였다.

문제는 그들 모두 지금 당장 볼 수 없다는 것이지만.

그들이 올 때까지 한수는 집 청소를 구석구석 시작했다.

그래도 손님을 맞이하는 건데 집안 꼴이 더러워서는 안 될 일이었다.

한창 청소하는 사이 하나둘 손님들이 몰려들었다.

제일 먼저 도착한 건 승준이었다.

녀석은 이번에 개봉한 고봉식 감독의 영화가 흥행몰이를 하며 일약 인기배우 반열에 올라가 있었다.

충무로에서도 승준을 섭외하기 위해 온갖 시놉시스가 밀려들고 있다는 이야기마저 돌고 있었다.

"어서 와라. 대배우님."

"에이, 형. 그러지 마요. 사람들이 들어요."

"그래, 알았어. 영화 흥행 축하한다."

"에이, 제가 한 게 뭐 있어요. 이게 다 이강수 선배님 덕분이죠."

"하긴 이강수 씨 지분이 9할 정도 되지. 너는 한 0.1할 정도?"

"그건 좀 짰죠. 이래 보여도 저 나름 잘 나간다고요!"

"아까 전 겸손할 때는 언제고. 그렇게 태세전환을 하냐?"

"근데 갑자기 웬 저녁도 아니고 점심이에요?"

"아, 그게…… 오랜만에 집중하면서 요리를 했는데 나도 모르게 이것저것 다 만들어 버려서. 생각보다 많이 해버렸어."

승준이 킁킁거리며 냄새를 맡았다.

맛있는 냄새가 집 안 가득했다.

"우와."

식탁에 도착한 뒤 승준이 눈을 휘둥그레 떴다.

식탁 위에는 온갖 산해진미가 즐비했다. 그야말로 각양각색의 요리들이 가득 쌓여 있었다.

개중에는 국적을 짐작할 수 없는 요리도 있었다. 특별한 향신료를 사용한 요리도 많았다.

"「쉐프의 비법」에서 형 섭외 올 만하겠는데요?"

"응? 몇 차례 연락이 오긴 했는데 고사했어. 당장 다음 달에 복학하면 시간 내기 어려울 거 같더라고."

"대학생이라니…… 부럽다. 저도 대학교 다시 다니고 싶네요."

"부럽긴. 공인이라고 연애도 마음대로 못하게 됐잖아."

"아, 그건 그렇네요. 형이 누구 사귀었다가 헤어지면 타격이 만만치 않겠네요."

"……후, 졸지에 내 의사가 아닌 다른 누군가의 의사로 솔로 생활을 보내야 한다니."

"형한테 대쉬해 온 여자 연예인은 없었어요? 이를테면 서……"

그때였다.

벨소리가 울렸다.

이번에 도착한 건 지연과 서현이었다. 어떻게 된 게 두 사람은 같이 들어오고 있었다.

"둘 다 양반은 못 되겠네. 쯧쯧."

승준이 혀를 찰 때 두 사람이 들어왔다. 그들도 승준과 비슷한 반응을 보였다.

얼마 지나지 않아 윤환과 3팀장도 도착했다.

조용하던 집 안이 북적거리기 시작했다. 그동안 촬영을 하며 쌓은 인연들이었다.

하나하나 소중한 인연들이기도 했다.

그들은 한수가 정성껏 차린 점심 식사를 배부르게 즐겼다.

지연은 울상이 되었다. 컴백을 앞두고 한창 다이어트 중이었는데 한수 때문에 식단 조절이 어려워졌다고 투덜거리고 있었다.

"컴백해? 앨범 새로 낸 거야?"

"아니. 우리 회사 후배 가수 피처링 해줬거든. 무대 딱 한 번만 같이 서달라고 하기에 그것 때문에 다이어트 중이야."

"뺄 살이 어디 있다고 다이어트를 하나?"

"텔레비전 나가 봐. 여자 연예인들은 조금만 살쪄도 부어 보여. 그렇다 보니 컴백 때만 되면 어쩔 수 없이 죽기 살기로 다이어트해야 하는 경우가 많아."

"피처링하기로 한 사람은 누군데?"

"말했잖아. 우리 회사 후배 가수래도."

"남자야?"

한수 질문에 지연이 어색한 얼굴로 대답했다.

"어, 남자야."

"그렇구나."

"오해하지 마. 그냥 회사 후배야."

"웅? 뭘 오해하지 말라는 거야?"

한수 질문에 지연 얼굴이 새빨개졌다.

가만히 두 사람 대화를 듣던 서현이 불쑥 그 중간에 끼어들었다.

"한수야, 황 피디님한테 연락받았어?"

"아까 전에 연락해 봤는데 전화 안 받던데?"

"그래? 다음 주 촬영 어디서 하는지 궁금한데 연락을 안 주시네."

"곧 주시지 않을까?"

"아쉽네. 벌써 마지막 촬영이라니. 너하고 같이 촬영하면 재미있는데 다음번에 또 같이하자. 어때?"

"뭐, 나는 상관없지. 문제는 같이할 만한 프로그램이 있냐가 문제지."

이번에는 지연이 눈살을 찌푸렸다.

서현이 말하는 뜻이 무엇인지 단번에 짚었다.

그녀가 한수를 보며 말했다.

"아, 그러고 보니까 회사랑 이야기를 해봤는데 너하고 두 번째 앨범 내는 거에 대해 되게 긍정적이야. 한번 너하고 같이 회사로 찾아와 달라고 하더라. 아니면 약속 장소만 잡으면 바로 만날 의향도 있고."

한수와 지연이 함께 콜라보레이션으로 낸 앨범은 처음에는 지연의 팬덤에 힘입어 폭발적인 판매량을 기록했다.

음원 순위 역시 1위부터 10위를 전부 다 차지했고 그 이후에도 줄곧 순위를 꾸준히 유지했다.

그러다가 한수가 영 미 지역에서 한스 신드롬을 일으키고 있는 주인공인 게 알려졌고 그가 세계적인 가수들과 함께 콘서트를 소화하며 한수와 지연이 낸 콜라보레이션 앨범의 판매량도 우후죽순 상승하기 시작했다.

그뿐만 아니라 외국 곳곳에도 두 사람이 낸 콜라보레이션 앨범이 발매되었고 없어서 못 구하는 지경에 이르렀다.

한스 신드롬에 푹 빠진 사람들이 한수와 지연이 함께 낸 앨범을 다짜고짜 구입했기 때문이다.

한국어를 알아듣지 못하는데도 앨범을 구입한 사람들은 이윽고 한국어를 공부하기 시작했고 그 덕분에 한류 열풍이 또 한 번 불어 닥치고 있는 중이었다.

그 덕분에 호의적인 평가를 얻으며 어부지리격으로 외국에 진출한 K-POP 가수들도 적지 않았다.

그 당시에만 해도 엘레인 엔터테인먼트가 강압적인 자세를 보였지만 지금은 엘레인 엔터테인먼트가 한수를 섭외하기 위해 총력을 기울여야 하는 상황에 놓인 셈이었다.

한수도 지연과 함께 앨범을 내는 것에 대해서는 긍정적으로 생각 중이었다.

지연의 음색은 여러모로 듣기 좋았고 그녀와의 궁합도 잘 맞았기 때문이다.

"음, 한번 연락해 달라고 해줘. 고려해 볼게."

가만히 두 사람 대화를 듣고 있던 승준이 눈살을 찌푸렸다.

한수가 눈치가 없는 건지 아니면 그냥 두 사람을 단순히 동료로만 생각하는 건지 마음 한구석이 고구마 수백 개를 씹은 것처럼 답답했다.

그렇다고 둘 중 한 명하고 사귀라고 할 수도 없는 게 승준에게도 두 사람은 모두 친한 누나였기 때문이다.

괜히 둘 중 한 명하고 사귀다가 어색하게 서로 멀어지고 싶진 않았다.

이렇게도 저렇게도 할 수 없는 이유가 바로 여기 있었다.

그때 3팀장과 이야기를 주고받던 윤환이 한수를 빤히 보며 입을 열었다.

"한수야, 잠깐 이야기 좀 가능할까?"

"예? 따로요?"

"응."

"예, 그래요."

세 사람을 뒤로 한 채 한수는 윤환, 3팀장과 함께 서재로 들어왔다.

서재에 앉은 뒤 3팀장이 한수를 보며 물었다.

"한수야."

"예, 팀장님."

"저번에 한 제안, 여전히 유효하니?"

갑작스러운 3팀장 질문에 한수가 멈칫했다.

그가 이야기하는 제안은 1인 기획사에 관한 것이었다.

그런데 윤환까지 함께 와서 할 이야기는 아니었다.

한수가 대답 대신 윤환을 쳐다봤다.

"윤환 형은……."

"윤환도 두 달 뒤 계약이 끝나거든."

"아, 그렇네요."

한수가 맨체스터 시티에 입단하기 전까지만 해도 한창 재계약 이야기가 나돌던 윤환이다.

그 당시 윤환의 재계약 기간은 1년 3개월 정도 남아 있던 걸로 기억하고 있었다.

그런데 맨체스터 시티에서 1년 뛰고 오는 사이 어느덧 윤환의 계약도 슬슬 끝나가려 하고 있었다.

"흠, 윤환 형은 재계약 안 하려고요?"

"뭐 석준 형이 남으면 재계약하려 했는데 석준 형이 남을 생각이 없어 보여서."

"3팀장님은 왜 안 남으시려는 거예요?"

"글쎄. 음, 이런 말 하면 환이가 섭섭하게 생각할지도 모르겠지만……."

윤환이 대수롭지 않다는 얼굴로 입을 열었다.

"괜찮아, 형. 마음껏 말해."

고민하던 3팀장이 입술을 무겁게 떼었다.

"환이 하고 일하는 건 이제 편해. 어차피 이 녀석 스케줄은 거의 고정되어 있고. 내가 컨트롤할 건 딱히 없거든. 스스로 알아서 잘하는 녀석이기도 하고."

"예."

"반면에 너는…… 뭐랄까. 이리저리 튀는 핵폭탄이잖아."

"예? 제가요?"

"어. 아니라고 말하면 그것만큼 비양심적인 것도 없는 거 알지?"

"……일단 그래서요?"

"그래서 너하고 같이 방송하면 재미있더라고. 앞으로도 계속 재미있을 거 같기도 하고. 만약 네가 구름나무 엔터테인먼트하고 끝까지 계약 중이었으면 나도 떠날 생각은 안 했을 텐데 이미 너는 계약 만료된 상태니까."

"흠, 그렇군요."

"거기에 또 하나, 지금 이곳에 남아 있으면 더 이상 성장할 수 없을 거 같거든. 그게 커."

"아하."

한수도 3팀장의 속사정은 들어 알고 있었다.

배우는 1팀장, 가수는 2팀장 관할이다.

윤환은 어쩌다가 튕긴 경우다.

그런데 윤환은 최근 들어 가수 활동만 하고 있다 보니 예능 프로그램에 출연하는 경우는 상대적으로 적은 편이었다.

「하루 세끼」에 출연할 때 부적 예능프로그램 출연 횟수가 늘 뻔했지만, 그것도 한수가 맨체스터 시티로 입단한 뒤 흐지부지되어 버렸다.

그러면서 구름나무 엔터테인먼트에 들어오려 하던 예능 유망주들도 죄다 줄어들었다.

즉 예능프로그램으로 뜨려면 구름나무 엔터테인먼트보다는 다른 기획사를 알아보는 게 더 낫다는 의미였다.

"그리고 이건 가장 큰 문제인데⋯⋯."

"예? 뭔데요?"

"황 피디님이 「하루 세끼」 시즌3를 만들려고 했던 모양이야."

"「하루 세끼」 시즌3요?"

「하루 세끼」는 TBC로 이적한 황 피디의 황금사단이 야심차게 처음 런칭한 프로그램이다.

지금은 사람들 머릿속에 흑역사로 남은 「트루 라이즈」 시즌4 이후 방영된 「하루 세끼」 9부작은 꽤 높은 시청률이 나왔고 그 덕분에 「하루 세끼」 시즌2가 제작될 수 있었다.

하지만 「하루 세끼」 시즌2는 시즌1보다는 그 성적이 조금 아쉬웠다. 화제성은 좋았지만 시즌1에 비해 재미는 덜하다는 평이 지배적이었다.

그리고 「하루 세끼」 시즌3.

황 피디가 TBC로 이적한 뒤 처음 연출한 프로그램인 만큼 애착이 강할 수밖에 없었다.

"저야 좋죠."

한수가 환하게 웃었다.

「하루 세끼」는 한수 머릿속에도 기분 좋게 남아 있었다.

특히 그때 함께 촬영했던 윤환과 승준, 두 사람과 친분을 굳게 다질 수 있었던 게 여러모로 좋았다.

무엇보다 「하루 세끼」는 한수가 그 이후 여러 예능프로그램에 다양하게 출연할 수 있게 한 발판이 되어줬다.

"근데 회사에서 그걸 막은 거 같아."

"예? 그게 뭔 말이에요?"

"회사에서 누가 의도적으로 중간에 그 소식을 커트했다고. 나는 전혀 듣지 못한 이야기였거든."

3팀장이 한숨을 내쉬며 말했다.

"그럴 리가요. 「하루 세끼」에 출연하는 것 자체로 꽤 좋은 거 아니에요?"

"그렇지. 근데 누군가 너하고 함께 촬영하는 걸 꺼리는 거 같아. 뭐, 다른 이유가 있을지도 모르지만 나는 그렇게 생각하고 있어."

3팀장이 입술을 깨물었다.

가장 의심이 가는 사람은 역시 2팀장이었다. 그는 호시탐탐 윤환을 다시 빼앗아가고 싶어 했다.

만약 윤환이 예능프로그램에 출연하지 않는다면 그의 활동은 가수 또는 배우로 제한될 수밖에 없을 테고, 그럴 경우 3팀장의 입지는 크게 줄어들 테니 윤환을 다시 2팀으로 데려오는 것도 가능해질 터였다.

어쩌면 2팀장이 그것까지 염두에 두고 그렇게 계산을 내리고 행동에 옮긴 것일 수도 있었다.

"그래서 두 분 다 기획사를 옮기시려고요?"

"어. 네가 저번에 1인 기획사 이야기했잖아."

한수가 곰곰이 생각에 잠겼다.

그가 3팀장을 필요로 한 건 다른 이유에서가 아니었다.

바쁜 스케줄을 정리하고 도와줄 사람이 필요했다.

게다가 3팀장은 대형기획사의 팀장 위치에 있던 만큼 연예계에 두루두루 인맥이 넓었다.

그런데 그 와중에 연예계에서 S급, 아니, SS급이라고 불리는 윤환이 합류한다?

그렇다면 단순한 1인 기획사가 아닌 웬만한 중견 기획사 못지않은 크기로 클 수 있었다.

한수는 지금 시장에서 거의 SSS급으로 평가받고 있는 유일무이한 FA였기 때문이다.

괜히 그에게 숱한 구애가 쏟아지고 있는 게 아니었다. 하지만 다들 간만 볼 뿐 실제로 접촉은 못 하고 있었다.

그 모든 건 상하이 선화가 한수에게 내건 그 계약 때문이었다. 결국 세 사람은 서로 간 고민에 빠진 채 생각을 정리하기 시작했다.

지금 당장 섣부르게 결정할 문제는 아니었다.

그렇게 회동이 끝난 뒤 그들은 뿔뿔이 흩어졌다.

세 사람이 서재에서 대화를 나누는 동안 무슨 일이 있었는지 모르겠지만, 승준과 지연, 서현은 서로 간에 또 다른 대화를 나눈 듯 각각 세 갈래로 흩어졌다.

어쨌든 손님들이 모두 떠난 뒤 한수는 설거지를 하며 앞으로의 일을 계획했다.

어차피 연예계에서 계속 활동해야 하는 만큼 기획사는 필요했다.

지금은 혼자 움직이고 있지만, 매니저가 있고 없고의 차이는 크기 때문이다.

일단 한수가 제의를 던졌으니 남은 건 두 사람이 결정할 문제였다.

나흘이 지났다.

상암동에 있는 OZN E스타디움에는 적지 않은 사람들이 모여 있었다.

그들이 이곳에 모인 이유는 오늘 있을 이벤트 대회 때문이었다.

서머 시즌이 끝난 뒤 홀드컵에 뛰게 될 팀이 모두 결정되었다.

그리고 이번 이벤트 대회에 뛸 선수들 모두 그 홀드컵에 출전할 팀들에 속해 있었다. 하지만 연예인 팀 역시 그에 못지않게 강력했다.

그래서일까.

푹푹 찌는 여름에 토요일 오후인데도 불구하고 E스타디움은 빈자리가 없을 정도로 가득 메워져 있었다.

경기는 3판 2선승제로 이루어질 예정이었다.

그리고 경기가 끝난 뒤에는 간단한 사인회 및 간담회 등도 열리기로 되어 있었다.

그렇다 보니 남녀 비율을 놓고 보면 오히려 남자보다 여자가 더 많았다.

거의 2 대 8 비율이었는데 그들 중 절반이 넘는 사람들은 연예인, 개중에서 특히 한수를 보러 온 사람들이었다.

그렇게 E스타디움에 빽빽이 모인 사람들이 선수들의 입장을 기다리고 있을 때였다.

먼저 도전자 입장을 맡고 있는 연예인 팀이 차근차근 들어오기 시작했다.

길쭉길쭉한 기럭지를 자랑하는 연예인들이 들어오자 이곳 OZN E스타디움에 모인 여성 팬들이 환호성을 내지르기 시작했다.

제일 먼저 들어온 건 블루블랙의 멤버 양훈이었다.

그는 어벤져스팀 탑라이너이기도 했다.

그다음 팬텀의 리더 김찬이 들어왔다. 원래 미드라이너를 생각했지만, 한수에게 밀려 정글러로 전락해 버린 그가 들어오자 얕은 환호성이 이어졌다.

그 뒤 서포터를 맡고 있는 배우 이승준과 원거리딜러인 V.I.P 멤버 신태훈이 함께 들어왔다.

두 사람은 꾸준히 듀오로 랭크게임을 돌리며 지금은 둘 다 다이아몬드 1티어까지 티어를 끌어올린 상태였다.

두 사람이 들어오자 여자애들이 광란에 빠졌다.

"와, 진짜 존잘이네."

"영화보다 실물이 더 잘생겼네."

"승준 오빠! 사랑해요!"

"오빠!"

승준보다 분명히 나이가 더 많아 보이는 몇몇 여자애들이 격하게 오빠라고 환호성을 내질렀다.

몇몇 남자들이 그 행패에 눈살을 찌푸렸다.

그것도 잠시 그들 뒤를 쫓아 미드라이너가 무대 위로 올라오기 시작했다.

"진짜일까?"

"진짜 강한수가 올라오면 대박인데……."

"강한수 맞는 거 아니야?"

"조작일 수도 있잖아."

"설마 OZN에서 조작을 하겠냐?"

그 순간 강한수가 모습을 드러냈다.

조작 아니냐며 떠들어대던 남자애들이 어버버하며 입을 다물었다.

챌린저 1위에 빛나는, 엠페러 이신혁이 리그 내 라이벌이 누구냐고 물어봤을 때 대놓고 콕 집어 이야기했던 바로 그 강한수가 등장했다.

사람들이 박수갈채를 보내기 시작했다.

오늘 경기를 기대하고 있다는 의미였다.

그 뒤 평소 히어로즈 오브 레전드에서 자주 선수들과 인터뷰를 진행하는 여성 리포터가 무대로 조심스럽게 올라왔다.

그녀는 수줍은 듯 얼굴을 빨갛게 붉히고 있었다.

"이렇게 정말 하나같이 잘생기고 멋지신 분들과 인터뷰를 하게 되어 영광입니다. 한 분씩 인터뷰를 나눠보도록 할게요."

차근차근 앞서 올라온 사람부터 인터뷰를 나눈 뒤 그녀가 한수 앞에 섰다.

그녀가 한수를 올려다보며 물었다.

"안녕하세요, 강이현이라고 해요."

"예. 처음 뵙겠습니다. 강한수입니다."

"소문의 주인공이 드디어 오늘 오셨는데요. 정말 챌린저 1위가 맞으신가요?"

"예. 지금 챌린저 1위가 맞습니다."

"평소 못 하는 게 없는 걸로 알려져 있는데요. 히어로즈 오브 레전드도 챌린저 1위를 찍으실 줄은 전혀 생각지도 못했네요. 비결이 있으신가요?"

"비결이라면…… 평소 많은 선수분께서 게임하는 걸 보며 저도 그렇게 해보려고 하다 보니까 자연스럽게 그렇게 된 거 같습니다."

비결 같지 않은 비결에 몇몇 사람이 욕설을 내뱉었다.

"그게 개나 소나 되면 나도 프로하지."

"와, 진짜 너무하는 거 아니냐? 저게 말이야 방구야?"

그러나 한수가 한 말에 거짓은 하나도 없었다.

전부 다 진실이었다.

다만 채널 마스터의 능력이 필요하다는 건 말할 수 없는 비밀이었다.

그렇게 계속 인터뷰가 이어졌다.

그리고 이번에는 히어로즈 오브 레전드 올스타팀이 올라오기 시작했다.

마지막으로 올라온 건 미드라이너 엠페러 이신혁이었다.

홀드컵 진출을 확정지은 그는 뿌듯한 얼굴로 미소를 지어보이고 있었다.

그리고 그들은 각자 자리에 앉아서 경기 전 손을 풀기 시작했다.

"다들 잘해봐요!"

팀 내 분위기메이커 신태훈이 기운을 북돋웠다.

이벤트 매치이긴 해도 지면 속상한 건 당연한 일. 무조건 이기고 싶은 게 사실이었다.

밴/픽이 시작됐고 그 이후 각 팀 라이너들이 하나둘 챔피언을 고르기 시작했다.

동시에 한수와 이신혁도 챔피언을 선택했다.

경기를 중계하던 해설자가 그것을 보며 입을 열었다.

"이거 시작부터 Hans 선수가 불리하겠는데요? 상성이 엄청

좋질 않거든요. 라인전부터 고비를 떠안게 될 게 분명해 보입니다."

"저도 그렇게 생각합니다. 어벤져스팀이 시작부터 꽤 어려운 길을 걷게 되겠네요. 한 번 고삐가 풀린 엠페러 선수는 그야말로 게임을 다 터뜨리고 다니거든요."

그리고 그들 모두 게임에 접속했다. 동시에 치열한 라인전이 벌어졌다. 양 팀 모두 경합을 이어나갔다.

그러나 확실히 홀스타 팀이 우세에 있었다. 연예인들 대부분 다이아몬드 티어인데 반해 프로들은 챌린저 티어 혹은 마스터 티어였기 때문이다.

그때였다.

그들의 이목을 집중시킨 사건이 터졌다. 최대 격전지로 손꼽히는 지역, 미드 라인.

"아! 솔킬입니다! 솔킬이 나왔어요!"

"6렙을 찍고 궁극기를 얻자마자 바로 솔킬을 만들어내는 데 성공합니다!"

"와, 이거 엄청난데요?"

팽팽한 흐름 사이로 미드에서 예상하지 못한 솔킬이 터져 나온 것이었다.

엠페러 이신혁과 크로우 류현욱.

지금도 회자되고 있는 두 사람의 미러전.

그것을 떠올리게 하는 환상적인 무빙이 연계되어 벌어진 일이었다.


캐스터와 해설자들이 감탄을 토해냈다.

"와, 이게 말이 되는 일입니까? 아마추어가 프로 선수를 상대로 솔로킬을 따내다니요!"

리플레이 장면이 떴다.

치열한 접전 끝에 한수가 이신혁을 솔로킬 내는 장면이 그대로 화면에 뜨고 있었다.

이신혁은 입술을 깨물었고 강한수는 자신감 넘치는 미소를 지었다.

그렇게 미드에서 난 솔로킬 덕분에 어벤저스 팀이 보다 더 수월하게 경기를 풀어가기 시작했다.

다이아몬드 1티어이긴 해도 다들 꾸준히 연습을 해두며 호흡이 잘 맞았다.

반면에 히어로즈 오브 레전드 올스타팀 같은 경우 호흡이 상대적으로 맞지 않았다.

급조된 느낌이 있었기 때문이다.

그래도 개인 기량으로 라인전 같은 경우는 압도적으로 찍어누르고 있었지만 미드에서 난 솔로킬 때문에 다들 긴장하는 기색이 역력했다.

그러나 이신혁은 그 후에도 줄곧 CS 수급을 원활하게 하며 게임을 풀어나갔다.

한수가 미드에서 이신혁을 상대로 우위에 선 모습을 보이긴 했지만 히어로즈 오브 레전드 올스타팀은 역시 프로선수들이었다.

미드에서 백날 잘해도 탑이나 바텀에서 한두 번 패배하기 시작하자 걷잡을 수 없을 만큼 빠른 속도로 스노우볼이 구르기 시작했다.

한수가 몇 차례 슈퍼 플레이를 펼치며 팀을 위기에서 구해낼 뻔했지만 그것도 잠시. 전투에서는 이겼지만 전쟁에서 승리할 수는 없었다.

그렇게 넥서스가 파괴되며 첫 번째 매치는 홀스타 팀의 승리로 끝을 맺었다.

그리고 몇 분 뒤 이어진 2차전.

2차전도 상황은 흡사했다.

한수는 이신혁을 상대로 훌륭한 모습을 여러 차례 보였다.

해설자들이 감탄하는 장면도 여러 번 나왔다.

하이라이트로 모아도 될 만큼 멋진 장면들이 수두룩했다.

그 정도로 한수가 보여준 플레이는 엄청난 것이었다.

하지만 경기 결과를 뒤집을 수는 없었다.

히어로즈 오브 레전드는 5인 게임이었다.

다섯 명이 한 팀이 되어서 겨루는 팀 게임인 만큼 한 명만 잘한다고 해서 게임을 이길 수 있는 건 아니었다.

실버나 브론즈라면 그게 가능할 수 있지만 지금 이들이 맞붙는 상대들은 전부 다 챌린저였다.

반면에 그들은 한수를 빼면 전부 다 다이아몬드였다.

실력적인 면에서 차이가 날 수밖에 없었다.

2 대 0 완승.

히어로즈 오브 레전드 올스타팀이 가뿐하게 승리를 거머쥐었다.


경기가 끝난 뒤 캐스터와 해설자들이 이야기를 나누는 모습이 보였다.

단 2경기만 하고 게임을 끝내기에는 아쉬움이 많았다.

그리고 그들은 매니저들과도 이야기를 나누기 시작했다.

한편 조연출 한 명이 한수에게 다가와서 물었다.

"한수 씨, 오늘 스케줄 괜찮으신가요?"

"예. 일부러 비워두고 왔습니다."

"다행이네요. 그러면 조금 더 촬영 가능하실까요?"

"예? 추가 촬영이요?"

"예. 크게 문제 될 일은 없을 겁니다. 칼바람에서 일대일 매치를 했으면 어떨까 해서요. 실제로 올스타전에서 종종 이런 대결이 벌어지긴 하거든요."

"홈, 문제는 없습니다."

"감사합니다."

조연출이 환하게 웃어 보였다.

그렇게 이십 분 정도 쉬는 시간이 지난 뒤 방송이 재개되었다.

다른 어벤저스 팀원 모두 오늘 스케줄을 완전히 비우고 온 모양이었다.

그것은 선수단 역시 마찬가지였다.

촬영에는 지장이 없는 듯했다. 하나둘 자리를 뜨려 하던 팬들도 곧장 자리에 앉았다.

지금부터 시작되는 건 일대일 대결이었다.

어벤저스 팀 다섯 명 그리고 홀스타 팀 다섯 명.

이렇게 다섯 명이 누군가 이길 때까지 일대일 승부를 벌일 생각이었다.

순서는 서포터, 원거리 딜러, 정글러, 탑라이너 그리고 미드 라이너였다.

한수와 이신혁의 맞대결을 가장 마지막에 놓은 건 그게 가장 화제성이 높은 매치가 되어줄 게 분명했기 때문이다.

그리고 양 팀 선수들이 한 명씩 부스 안으로 들어왔다.

첫 대결을 펼치게 된 건 서포터였다.

"승준아, 잘해."

"잘하세요!"

승준이 팀원의 기대를 받으며 부스 안에 들어섰다.

상대 홀스타 팀 서포터도 부스 안으로 들어왔다.

그리고 일대일 대결이 시작됐다.

"양 팀 서포터 선수가 먼저 부스 안에 올라왔습니다. 우선 홀스타 팀 서포터 선수입니다. 자신만만한 표정을 지어 보이고 있군요. 문제없이 이길 수 있다는 거 같습니다."

"객관적으로는 확실히 전력 차이가 있거든요. 그래도 이승준 선수 역시 다이아몬드 1티어인 만큼 좋은 활약을 해주지 않을까 조심스럽게 생각해 봅니다."

"물론 어디까지나 이건 예측이고요. 실제로 두 사람이 맞붙을 경우 당연히 프로 선수들이 유리할 거라고 봅니다."

"당연한 거 아닐까요? 하하. 아, 게임 들어가는군요. 어? 양 팀 선수 모두 스펠과 챔피언이 같습니다. 확인해 본 결과 룬 페이지와 특성도 모두 동일하게 맞추기로 했다하는군요."

"하하, 재미있는 매치업이 되겠군요. 기대됩니다. 과연 어벤저스 팀이 1승이라도 따낼 수 있을까요?"

해설 한 명이 조심스러운 목소리로 입을 열었다.

"음, 그래도 어벤저스 팀 미드라이너는 챌린저 1위 아닙니까? 약간의 가능성은 있지 않을까 생각합니다."

"그렇습니다. 강한수 선수는 지금 챌린저 1위죠. 그렇다 보니 게임을 돌려도 프로게이머를 맞상대로 만나는 경우가 잦다고 들었습니다. 실제로 맞라인전에서 이긴 경우도 꽤 많고요."

"오늘 이신혁 선수를 상대로 솔킬을 따내지도 않았습니까!"

"예, 그렇습니다. 그런 만큼 이신혁 선수를 꺾는 건 만만치 않은 일이 될 거란 전망입니다."

"좋습니다. 일단 경기가 시작됐군요. 한번 양 팀 서포터 선수의 대결에 집중해 보도록 하겠습니다."

시작부터 두 선수는 치열한 경합을 벌였다.

챔피언도 같고 특성도 같고 심지어는 룬 페이지도 같다.

모든 게 동일한 조건에서 결국 승부를 결정짓는 건 과감한 판단력과 정교한 스킬샷 그리고 킬각을 보는 눈이었다.

그리고 그것은 상대적으로 프로게이머 선수들이 보다 앞서 있을 수밖에 없었다.

연전연패.

이벤트 매치였지만 어벤저스 팀은 이름답지 않게 속절없이 연패를 기록했다.

누구 한 명 승리를 거머쥐지 못했다.

서포터라고 해서 무조건 서포터 라인만 가는 건 아니었다.

솔로랭크를 돌릴 때는 다른 라인도 얼마든지 간다.

그렇다 보니 서포터인데도 불구하고 4명을 상대로 압살하는 모습을 보여주고 있었다.

"아, 아쉽습니다. 벌써 4 대 0으로 궁지에 몰렸는데요. 어벤저스 팀이 만회할 수 있을까요?"

"가능할지도 모른다고 생각은 하고 있습니다. 어벤저스 팀에는 끝판왕 강한수 선수가 있으니까요."

"저도 강한수 선수는 충분히 기대해 볼 만하다는 평입니다. 엠페러 이신혁 선수를 상대로 솔로킬을 만들어낸 만큼 일대일 라인전에서도 최고의 활약을 펼쳐 주리라 사뭇 기대 중입니다."

"좋습니다. 반면에 홀스타 팀 선수들은 불만이 가득한데요. 어째서일까요?"

"자신도 경기에 나가서 뛰고 싶다는 뜻 아닐까요?"

"혼자 다 이기려 하는 거 아니냐고 말들이 많은 거 같군요."

"일단 부스에 강한수 선수가 들어왔습니다. 팬들의 환호성이 엄청나군요."

"아마 세계적으로는 더 인기가 많을 겁니다. 하하."

"여전히 룰은 그대로이군요. 그럼 경기 시작하겠습니다."

부스 안에 들어온 한수는 다른 선수들이 줄줄이 패배하는 것을 보며 마음을 다잡았다.

다들 이를 악문 채 최선을 다했지만, 승패의 향방을 뒤집지는 못했다.

부스에 들어오기 전 녀석들이 한 말이 있었다.

어떻게 해서든 한 명만이라도 이겨서 그들의 콧대를 납작하게 만들어달라는 게 그 부탁이었다.

그래도 그동안 함께 고생해 온 팀원들을 위해서라도 한수는 최선을 다해 이번 이벤트 매치에 임할 생각이었다.

수십여 대의 카메라가 자신을 잡고 있었다. 한수는 표정을 결연하게 굳힌 채 게임에 접속했다.

이번 이벤트 매치의 룰은 간단했다. CS를 상대방보다 먼저 100개 먹거나 혹은 솔로킬을 따내거나 그것도 아니면 타워를 먼저 밀어야 했다.

홀스타 팀 서포터는 4번 연속 이긴 덕분일까?

처음부터 거침없이 나오기 시작했다. 그러나 한수는 호락호락 당해줄 생각이 없었다.

역으로 상대의 빈틈을 노렸다. 스킬샷 교환이 이어졌다. 그럴수록 피해가 누적되기 시작했다.

그리고 게임이 시작하고 얼마 되지 않아 상대방 서포터는 포탈을 타고 귀환할 수밖에 없었다.

아슬아슬한 체력.

한두 대만 더 맞았으면 솔킬을 따일지도 모르는 상태였기 때문이다.

그러는 사이 한수는 느긋하게 CS를 먹으며 타워 체력을 최대한 깎아놓았다.

상대 서포터가 라인에 다시 돌아왔지만 이미 레벨 차이가 나고 있었고 CS 수급량에서도 10개 이상 벌어져 있었다.

가만히 경기를 보던 프로 선수들이 탄식을 흘렸다.

"아, 아쉽네. 승완이가 올킬하는 거였는데 실패네."

"저 형 만만치 않다니까? 랭겜에서 몇 번 만났는데 만날 때마다 잘하더라고."

"하긴. 진짜 잘하긴 잘하더라. 신혁아, 네가 볼 때는 어때?"

"잘해."

"뭐야. 그게 끝이야?"

"어. 그래서 꼭 내 차례까지 왔으면 좋겠어."

"왜? 설마 아까 그 솔로킬 당한 거 때문에 그래?"

"응. 그러니까 너희 다 지고 와."

"……그럴 생각은 전혀 없거든?"

"야. 승완이 졌다."

그들 모두 화면으로 시선을 돌렸다.

타워는 반 피 가까이 체력이 빠지고 CS도 25개 가까이 차이가 나고 있었다.

하지만 게임이 끝난 건 솔로킬 때문이었다.

이렇게 계속 가다가는 진다는 생각에 홀스타 팀 서포터가 무리하게 승부를 걸었지만 강한수가 절묘하게 스킬샷을 피하며 역으로 궁극기를 맞추며 솔로킬을 따내는 데 성공한 것이었다.

"와, 진짜 잘하긴 잘한다. 아까 솔로킬 장면도 그랬지만 지금 장면은 더 충격적인데?"

"그러게. 저렇게 무빙이 가능한 건가?"

그들 모두 탄성을 토해냈다. 중석에서도 웅성거림이 커지고 있었다.

강한수가 보여준 무빙 때문이었다.

"다음 차례는 누구야?"

"나야 나. 내가 나갈 차례지."

서포터 다음 출전하는 선수는 원거리 딜러였다. 그리고 2경기, 3경기, 4경기까지 이어졌다.

이신혁은 대기실에 홀로 앉아 경기를 지켜봤다.

챌린저에 올라 있고 대한민국 LCK를 대표해서 뽑힌 홀스타 팀 선수들이 강한수 한 명에게 지리멸렬하고 있었다.

정글러 선수가 최대한 그를 상대로 분전을 펼치고 있었지만 이신혁이 보기에는 이미 끝난 게임이었다.

강한수가 압승을 거둘 게 분명해 보였다.

그리고 얼마 지나지 않아 그의 예상대로 강한수가 완벽하게 솔로킬을 따내며 승패의 향방을 뒤집었다.

4 대 4.

이신혁은 축구를 좋아하진 않지만 강한수가 프리미어리그에서 뛸 때 경기를 종종 찾아보곤 했다. 그리고 그가 승부처에서 환상적인 골을 만들어내는 모습을 보며 이신혁은 강한수가 자신과 비슷한 유형의 선수라는 생각을 했다.

큰 경기, 승부처에서 강한 제대로 된 승부사.

그것이 이신혁이 강한수를 상대로 내린 평가였다.

이신혁은 몸을 풀었다.

이제 그의 차례였다.

해설자들이 보기에도 말이 안 되는 수준이었다.

그 정도로 강한수는 완전무결이었다.

스킬샷의 정교함이나 딜 교환, CS 수급 능력 모든 것에서 뒤떨어짐이 없었다.

한 해설자가 한숨을 내쉬며 말했다.

"음, 이런 말을 하면 엠페러 선수의 팬들은 화를 내실지도 모르겠습니다만 강한수 선수가 만약 LCK를 뜬다면 향후 1년 안에 엠페러 선수와 대등한, 어쩌면 그 이상의 실력자로 자리매김하지 않을까 조심스럽게 추측해 봅니다."

"섣부른 추측일 수도 있겠죠. 그러나 저도 오늘 매치를 보고 있자니 저절로 안구정화가 되는 기분입니다."

"그러나 아직 우리 LCK에는 그 선수가 남아 있죠. 끝판왕을 상대로 끝판왕이 나섭니다. 역올킬을 만들어낼 수 있을지 아니면 여기서 엠페러 선수가 자신의 왕좌를 지켜낼 수 있을지. 마지막 세트입니다. 그럼 잠시 쉬었다가 경기 이어가겠습니다!"

부스 위로 엠페러 이신혁이 들어섰다.

그의 눈에는 결의가 가득 차있었다.

오랜만에 만난 호적수였다.

히어로즈 오브 레전드를 개발한 게임사가 A.I를 이용해 자신과 똑같은, 어쩌면 더 강력한 실력자를 만들어낼 생각이라 들었는데 강한수가 그런 A.I가 아닌가 의심스러울 정도였다.

실제로 인간의 전유물이라 여겨졌던 바둑도 알파고에 무너졌다.

그렇게 이신혁이 결의를 다질 때 한수 역시 긴장의 끈을 조였다.

진짜 승부는 이제부터였다.

# CHAPTER
4

관중석에서 오늘 이벤트 매치를 지켜보는 사람들이 있었다.

팬들뿐만이 아니었다.

히어로즈 오브 레전드 올스타 매치에 참가하기로 확정된 선수들이 소속되어 있는 각 팀 감독들도 오늘 상암동 E스타디움에 나와 있었다.

그들이 시간을 내서 상암동 E스타디움에 온 이유는 자신 팀 선수들을 독려하기 위함도 있었지만 그보다 더 큰 이유는 온라인상에서만 접했던 Hans, 강한수를 실제로 만나보기 위해서였다.

여전히 반신반의했지만 실제로 강한수가 챌린저 Hans가 맞는 데다가 또 그가 이신혁을 상대로 솔로킬까지 따내는 모습을 보게 되자 그들로서도 믿지 않을 수가 없었다.

SBV팀 코치가 KV팀 감독을 보며 물었다.

"이 감독님, 여전히 영입 의사는 있는 겁니까?"

"말도 마세요. 몇 차례 영입해 보려 했다가 퇴짜 맞은 지 오래입니다."

"그럼 우리 팀에서 데려가도 될까요?"

"가능하면 한번 해보세요. 하하. 진짜 강한수 씨를 영입할 수 있다고 생각하시는 건 아니겠죠?"

"……당연히 농담이죠. 설마 진짜일리 있겠습니까?"

SBV팀 코치가 어색하게 웃었다.

지금 이신혁이 20억이 넘는 연봉을 받고 있지만 그것도 중국에 있는 한 인터넷 방송국과의 제휴를 통해 어렵사리 메우고 있는 실정이었다.

그런데 600억의 연봉은 상상해 보지도 못한 액수였다.

"강한수 씨는 그 600억 연봉이 전혀 탐나지 않은 걸까요?"

실제로 상하이 선화가 연봉 600억 원을 제시했을 때, 그리고 강한수가 그 제안을 거절했을 때 인터넷에서는 물론 오프라인에서도 갑론을박이 이어진 적이 있었다.

단 1년 뛰는 대가로 600억 원의 연봉을 받을 수 있다면 그 기회를 차버릴지 아니면 받아들일지 여하에 관한 것이었다.

반응은 압도적으로 후자가 높았다.

축구선수로 은퇴했다고 한들 한수는 맨체스터 시티와의 1년 계약을 훌륭하게 지켰고 그 이후 어느 팀으로 이적하든 그것은 한수의 자유였다.

실제로 레알 마드리드에서도 한수에게 500억 원 가까이 되는 연봉을 제시했다는 소문이 마드리드 지역 일간지인 마르카(Marca)를 통해 돌면서 화제가 되기도 했다.

상하이 선화 같은 경우는 중국 리그니까 그렇다고 쳐도 레알 마드리드는 3년 연속 챔피언스리그 우승을 제패한 명문 클럽이었다.

챔피언스리그 우승 횟수만 13회에 빛나는 금자탑을 쌓은 클럽이었고 누구나 바라는 드림 클럽이기도 했다.

그 레알 마드리드에서도 연봉을 500억 원이나 부른 만큼 1년 정도만 뛰어도 되지 않겠냐는 여론이 일어난 건 자연스러운 일이었다.

"글쎄요. 저라면 일 년 정도 뛰고 귀국했을 거 같긴 합니다. 하하."

KV팀 감독이 멋쩍게 웃었다.

연봉 500억 원이든 연봉 600억 원이든 상상도 못 해볼 금액이다.

만약 자신에게 그런 제안이 주어진다면?

주저 없이 수락할 것이다. 하지만 한수는 그 제안을 매몰차게 거절했다.

"저도 마찬가지예요. 일 년이나 이 년 정도 뛴 다음 그 돈 받고 귀국해서 유유자적 사는 것도 나쁘지 않을 텐데…… 아직 젊어서일까요?"

"글쎄요. 한수 씨가 세워둔 목표가 있는 모양이죠. 그래도 여전히 탐이 나긴 탐이 납니다."

KV팀 감독은 아쉬운 얼굴로 한수를 바라봤다.

세계 최강의 미드라이너로 손꼽히는 엠페러 이신혁을 상대로도 그는 한 치의 물러섬이 없는 모습을 보이고 있었다.

대부분의 미드라이너가 엠페러 이신혁한테 으레 겁을 집어먹고 이도저도 아닌 채 휘둘리는 것에 비하면 강한수는 확실히 타고난 스타 플레이어였다.

그러는 사이 교전이 한 차례 더 벌어졌다.

"대단합니다! 양 선수! 눈을 뗄 수 없을 만큼 엄청난 경기력을 보여주고 있습니다. 두 선수 모두 집중력이 대단합니다."

그야말로 엄청난 경기력을 두 명 모두 선보이고 있었다.

한수는 한수대로, 이신혁은 이신혁대로 최고였다.

둘 다 체력은 10 정도 남겨놓은 상태에서 끝까지 킬을 따내려고 하는데 소름 돋을 정도로 날카로운 무빙을 보여주며 교묘하게 스킬샷을 피해내는 게 어마어마하다는 말로도 부족했다.

그렇게 CS 개수가 70개가 다 되어가도록 두 선수는 아슬아슬하게 살아가는 명승부를 연출해 냈다. 그리고 CS가 3~4개 정도 차이날 때 한수가 공격적인 무빙을 보였다.

이대로라면 CS 차이를 우위에 두고 이길 수도 있겠지만 그것보다는 킬을 따내고 싶었다.

이벤트 매치가 끝내면 히어로즈 오브 레전드도 당분간 할 필요가 없어진다.

어차피 한수는 이벤트 매치 때문에 OZN E스타디움에 온 것이기 때문이다.

그럴 바에는 유종의 미를 거두고 싶었다.

맨체스터 시티에서 뛰며 트레블을 거머쥔 것처럼.

"아, 강한수 선수! 이거 너무 무리하는 거 아닐까요?"

"아직 모릅니다. 강한수 선수가 CS에서 앞서고 있는데도 불구하고 공격적으로 나오고 있습니다!"

엠페러 이신혁도 자존심에 스크래치를 입은 걸까?

공격적으로 나서기 시작했다.

포탑에 체력을 잃어가면서도 한수는 대담하게 움직였다.

정교한 스킬샷이 오고가는 가운데 순간적으로 한수가 다루는 챔피언의 체력이 절반 이하로 깎였다.

"어, 설마……."

그때였다.

강한수의 챔피언이 정교하게 스킬샷을 모두 맞히는 데 성공했다. 그리고 순식간에 이신혁이 다루던 챔피언의 피가 80% 이상 깎였고 강한수는 순조롭게 이신혁 챔피언을 마무리 지을 수 있었다.

올킬 당할 뻔할 것을 한수가 역올킬 하는 데 성공한 것이었다.

한수가 역올킬을 해내자마자 박수갈채가 쏟아졌다.

그리고 부스 밖에서 대기하고 있던 어벤저스 팀이 부스 안으로 뛰어들었다.

그들은 한수를 얼싸안은 채 환호성을 내질렀다.

5 대 5 팀전에서는 졌다.

그러나 1 대 1 개인전에서는 승리를 거머쥐는 데 성공했다.

물론 이 모든 건 한수 홀로 이뤄낸 성과이긴 했지만 그래도 이겼다는 게 중요했다.

이벤트 매치가 모두 끝난 뒤 홀스타 팀이 어벤져스팀 부스로 건너왔다.

쑥스러운 듯 연예인 어벤저스 팀을 보던 그들이 악수를 건넸다.

한수도 어색하게 웃으며 그들과 인사를 주고받았다.

그리고 엠페러 이신혁 선수가 한수 앞에 섰다. 빤히 한수를 쳐다보던 그가 입을 열었다.

"정말 잘하시네요."

"감사합니다. 이신혁 선수 플레이를 보고 연구한 덕분이에요."

"영광이에요. 아, 그리고 저 사인 좀……."

"예? 하하, 그럼 저도 이신혁 선수 사인 좀 부탁드립니다."

두 사람은 사이좋게 서로에게 사인을 해서 건넸다.

그렇게 부스 안에서 훈훈하게 양 팀 선수들이 인사를 주고받는 동안 해설자들은 방금 전 장면을 리플레이해서 보여주며 이야기를 늘어놓고 있었다.

"여기서 이 스킬을 피한 게 컸습니다. 아마 엠페러 선수는 무조건 맞히는 것이라고 생각했을 텐데요. 이것만 맞혔으면 엠페러 선수한테도 기회가 왔을 텐데 그게 조금 아쉬웠습니다."

"결과적으로는 한 끗 차이였다는 말씀이시죠?"

"예, 그렇습니다. 진짜 벼랑 끝 승부였습니다."

"자, 그러면 이벤트 매치도 끝난 김에 다들 선수들을 만나보러 가시죠."

캐스터와 해설자들이 무대 위로 향했다.

조연출의 인도 아래 두 팀은 무대 위에 나란히 서 있었다.

그들 모두 열띤 얼굴을 하고 있었다.

캐스터가 그들을 보다가 관중석을 바라봤다.

OZN E스타디움이 가득 차 있었다.

그리고 오늘 경기를 본 팬들 모두 놀란 기색이 역력했다.

홀스타 팀이 2 대 0으로 어벤져스팀을 꺾은 건 당연한 일이었지만 일대일 대전에서 어벤져스팀의 미드라이너 강한수가 홀스타 팀 전원을 꺾을지는 예상 못 한 일이었다.

그가 챌린저라고 한들 아마추어였고 반면에 홀스타 팀은 전원 모두 프로였기 때문이다.

"오늘 경기 어떠셨어요?"

"대박이에요!"

"재미있었어요!"

"또 언제 하나요?"

팬들이 내지르는 환호성이 이 안을 가득 메웠다.

캐스터가 그들을 진정시킨 뒤 선수 한 명에게 소감을 물었다.

어벤져스팀은 이런 뜻깊은 곳에 초대되어 영광이라고 소감을 대신했고 히어로즈 오브 레전드 올스타전에 나가게 될 선수들과 함께 경기를 할 수 있어서 뜻깊다고 의사를 밝혔다.

홀스타 팀의 팀 인터뷰도 비슷했다.

그 이후 개별 인터뷰가 진행됐다.

가장 관심을 끈 건 강한수와 이신혁 두 사람이었다.

캐스터가 두 사람을 가운데로 불러모은 뒤 물었다.

"엠페러 선수, 역올킬을 당했는데 어떠세요?"

"얼떨떨합니다. 솔직히 그동안 제대로 체감을 못 했는데 오늘 저한테 당했던 선수들 심정이 이제야 이해가 갑니다."

"……하하, 그 정도로 강한수 씨가 엄청났나요?"

"예. 솔킬을 당할 줄은 정말 몰랐는데요. 거기서 킬각을 보고 들어오신 것 자체가 엄청났습니다."

"만약 강한수 씨가 히어로즈 오브 레전드 프로 선수로 데뷔하면 어떨 거 같으세요?"

"히어로즈 오브 레전드는 팀 게임인 만큼 개별전하고는 전혀 다른 결과를 만들어낼 수 있다고 생각합니다."

"그만큼 SBV팀이 독보적이라는 의미일 테죠?"

"예, 그렇습니다."

"이제 홀드컵과 홀스타 출전을 앞두고 있는데요. 각오 한마디 듣겠습니다."

"우승컵을 차지하기 위해 최고의 플레이를 펼쳐 보이고 돌아오겠습니다!"

엠페러 이신혁은 여전히 자신감이 넘치고 있었다.

그리고 그것이 그를 세계 최고의 미드라이너로 만들게 한 원동력이기도 했다.

한수는 경기가 끝난 이후에도 자신감 넘치는 이신혁을 보며 어째서 그가 이십대 초반의 나이에도 히어로즈 오브 레전드만큼은 세계 최고의 선수가 될 수 있었는지 깨달을 수 있었다.

경기가 끝난 뒤 양 팀 선수들은 그동안 기다린 팬들을 위해 팬미팅과 사인회를 더불어 진행했다.

가장 많은 인기를 누린 건 엠페러 이신혁과 강한수였다.

두 사람 앞에는 줄이 길게 늘어서 있어서 다른 선수들과 대비되고 있었다.

한수는 성심껏 사인을 해주고 팬들과 악수를 나눴다.

그렇게 열일곱 명가량에게 사인을 해줬을 때였다.

그다음 차례로 기다리고 있던 여성 팬이 한수를 보며 물었다.

"저기……."

"오빠라고 불러도 돼요."

"한수 오빠, 혹시 팬카페 가입하셨어요?"

"팬카페요? 아, 가입은 해둔 거 같은데 활동을 안 해서……."

"그럼 인증샷하고 함께 게시글 하나만 남겨주세요! 바로 등업해 드릴게요."

오래전 3팀장이 한수에게 그만의 팬카페가 개설되었다고 이야기해 준 적이 있었다.

호기심에 한수는 팬카페에 가입했지만 그 당시만 해도 팬카페는 을씨년스럽기 이를 데 없었다.

결국 한수는 가입만 해두고 활동은 하지 않은 채 한동안 신경을 쓰지 않고 있었다.

"팬카페 운영진이세요?"

"예, 맞아요. 꼭 인증샷하고 게시글 남겨주세요! 부탁드릴게요."

"알겠습니다. 그렇게 할게요."

"감사합니다! 그럼 저 사인 좀 해주세요."

그녀가 헤실헤실 웃으며 사인을 받아갔다.

그 이후로도 한수는 몇 차례 더 사인을 해준 뒤 대기실로 돌아올 수 있었다.

그리고 그는 한적한 곳에서 휴대폰을 틀고 OZN 채널을 틀었다.

OZN 채널에서는 방금 전 했던 이벤트 매치를 다시 녹화중계로 틀어주고 있었다.

한수는 녹화중계를 보며 자신의 모습을 똑똑히 확인할 수 있었다.

그 순간 알림이 떠올랐다.

처음에는 이벤트 매치여서 반영이 안 될 줄 알았지만 그건 기우였다.

다행히 이벤트 매치여도 OZN 채널에 출연한 만큼 그 채널을 완벽하게 자신의 것으로 소유할 수 있었다.

그 덕분에 한수가 완벽하게 확보한 채널은 네 개로 늘어났다.

스포츠 계열에서는 「IBC Sports」. 음악 계열에서는 「K-POP

TV」, 오락 계열에서는 「TBC」와 「OZN」를 확보할 수 있었다.

그 이후 한수는 자신이 완벽하게 소유해야 하는 채널 목록을 훑어보기 시작했다.

그때 한수의 시선을 잡아끈 채널이 있었다.

「EBS PLUS1」 채널이었다.

제일 먼저 확보한 채널이었지만 여전히 한수는 이 채널을 완벽하게 소유하지 못하고 있었다.

「EBS PLUS1」에 강사로 출연하지 않고서야 이 채널을 확보한다는 건 불가능했기 때문이다.

'진짜 한번 강사로 나서야 하나?'

때마침 한수에게는 적절한 연결책이 있었다.

구름나무 엔터테인먼트와 전속계약 중이었을 때 첫 광고가 들어온 적이 있었다.

EBS 수험서 광고였고 그 광고는 한수를 모델로 기용한 덕분에 적지 않은 판매 수익을 올릴 수 있었다.

아무래도 한번 연락을 취할 필요가 있었다.

굳이 강사가 아니더라도 이벤트 형태로 해서 일일 강사로 나선다면 「EBS PLUS1」 채널도 완벽하게 확보할 수 있을 테니까.

또한 그렇게 될 경우 카테고리7에 해당하는 채널은 한 개 이상은 모두 확보하게 된다는 의미인데 과연 어떤 이점이 있을지도 궁금했다.

고민은 짧았고 결정은 빨랐다.

그리고 한수는 곧장 연락을 취했다.


한수가 연락을 한 건 EBS 담당 AE(Account Executive)였던 유 차장이었다.

유 차장은 오랜만에 한 연락인데도 불구하고 한수의 연락처를 지우지 않은 듯 반갑게 말했다.

-강한수 씨 맞으시죠? 와, 진짜 이렇게 연락을 다 주시고 정말 감사합니다.

"별말씀을요. 저야말로 감사하죠. 혹시 시간 되십니까?"

-예. 물론입니다. 강한수 씨면 없는 시간을 만들어야죠. 무슨 일이십니까?

"다른 게 아니라 제가 혹시 객원강사나 일일강사 같은 형태로 「EBS PLUS1」에 출연할 수 있는 방법이 있나 해서요."

-아, 흠, 혹시 어떤 이유 때문에 그런 건지 알 수 있을까요?

"별 이유는 없습니다. 예전에 몇 차례 강사로 나와 보면 어떻겠냐는 이야기를 많이 들어보긴 했는데 실제로 도전해 볼 생각은 한 번도 안 해봤거든요. 그런데 한번 해 보고 싶어서요."

-일단 제가 한번 알아보고 다시 연락드려도 될까요? 저는 AE다 보니까 그쪽 강의 스케줄 하고는 관련이 없어서…….

"알겠습니다. 부탁드립니다."

-웬만하면 「EBS PLUS1」에서도 들어줄 가능성이 농후하다고 생각합니다. 한수 씨가 선뜻 일일강사로 나와 준다는 거니까요. 혹시 출연료 같은 경우는…….

"무료로도 가능합니다."

-오, 정말 감사합니다. 그러면 한결 설득하기 편하겠네요. 제가 곧 연락드리겠습니다.

한수는 전화를 끊은 뒤 앞으로 확보해야 할 채널에 대해 고민하기 시작했다.

이번에 「힐링 푸드」를 촬영하면서 한수는 「공공」, 「공익」 영역을 확보할 수 있었다.

아직 채널 확보권을 사용하진 않았다.

어떤 채널을 얻어서 유용하게 써먹을지 고민해 볼 문제였기 때문이다.

그 대신 그는 하위 채널을 몇 개 더 추가로 얻었다.

보다 더 자신의 능력을 다채롭게 만들기 위해서였다.

어차피 그가 익힌 모든 채널 속 능력은 어떻게든 유용하게 쓰였기 때문에 한수 입장에서는 어떤 채널을 확보하든 상관없는 일이었다.

그보다 중요한 건 그 채널에 대한 경험치를 100% 이상 쌓고 완벽하게 확보하는 것, 그것이었다.

히어로즈 오브 레전드 이벤트 매치 녹화도 끝나고 「OZN」 채널도 완벽하게 자신의 것으로 만드는 데 성공했다. 그리고 주차장으로 걸어갈 때 연락이 왔다.

유 차장인가 했지만 연락을 해온 건 3팀장이었다.

-한수야, 너 상암동에 있냐?

"예. 오늘 OZN 촬영이 있어서요."

-히어로즈 오브 레전드 이벤트 매치 맞지? 촬영은 다 끝났어?

"예. 방금 끝났어요. 이제 슬슬 귀가하려고요."

-그래? 잘됐네. 나 오늘 사표 수리했다.

"……고생하셨어요. 별일 없으셨어요?"

-뭐 다들 나갈 사람 나갔다는 반응이지.

"술 한잔하실래요?"

-그래. 너네 집으로 갈게.

"예? 우리 집요?"

-이 세상에서 안주가 가장 맛있는 집이 너네 집인데 당연히 네 집으로 가야지.

"하하, 좋아요. 지금 집으로 갈 거니까 바로 오시면 되겠네요. 그럼 이따가 봐요."

-그래. 이따 보자.

한수는 전화를 끊고 주차장에 주차해 둔 차에 올라탔다. 그리고 빠른 속도로 상암동 E스타디움을 벗어나기 시작했다.

구름나무 엔터테인먼트.

이곳은 여전히 활발했다.

한수가 맨체스터 시티에 입단한 이후로도 구름나무 엔터테인먼트는 승승장구했고 1팀과 2팀 모두 최고의 실적을 보이고 있었다.

그 덕분에 상대적으로 3팀이 외면당한 건 어쩔 수 없는 일이었다.

애초에 윤환 빼고는 소속된 연예인도 없었으니 그럴 수밖에 없었다.

그러다가 며칠 전 3팀장이 사표를 냈고 오늘 그 사표가 수리됐다.

이형석 대표가 본부장과 팀장을 소집한 건 당연한 일이었다. 어쨌든 팀의 기둥 중 한 명이 회사를 박차고 나간 셈이니까.

이형석 대표가 두 팀장을 보며 물었다.

"박 팀장님은 왜 퇴사한 걸까요?"

"아무래도 그동안 부담감을 적지 않게 느낀 거 아닐까요?"

"부담감이요?"

이형석 대표가 2팀장을 넌지시 바라봤다.

2팀장이 고개를 끄덕이며 말했다.

"예. 맡고 있는 연예인은 윤환 한 명뿐인데 환이는 김 실장이 알아서 잘 케어 중이니까요. 본인이 여기서는 더 이상 할 게 없다고 생각을 했겠죠."

그때 1팀장이 입을 열었다.

"제가 보기엔 강한수 씨가 영향을 미친 거 같습니다."

"한수 씨. 그렇죠. 귀국한 지 조금 되었죠. 어떻게 영향을 미친 거 같나요?"

"같이 손잡고 일해보자고 하지 않았을까요? 강한수 씨는 맨체스터 시티에서 은퇴하고 귀국한 이후에도 기획사와 계약을 하지 않고 있었으니까요."

"1인 기획사를 차릴 수도 있다는 말이군요."

본부장이 멋쩍게 웃음을 터뜨렸다.

"허허, 1인 기획사라뇨. 석준이가 일을 잘하는 건 맞지만 혼자서 뭘 할 수 있을까요?"

"혼자가 아니라면요?"

이형석 대표가 눈매를 좁혔다.

"예? 그게 무슨……."

"윤환 씨가 아직도 재계약을 안 하고 있으니까요. 사전에 약속된 일일 수도 있지 않을까요?"

본부장이 그 말에 2팀장을 쳐다봤다.

"야! 너 어떻게 됐어? 환이 재계약 무조건 하겠다고 한 거 아니었어?"

"……그게 음, 차질이 좀 빚어지고 있어서."

그때 이형석 대표가 책상을 톡톡 두드리기 시작했다.

이곳 회의실에 있던 사람들의 관심이 그에게 쏠렸다.

그가 비틀린 표정으로 입을 열었다.

"박 팀장이 퇴사하기 전 저하고 독대를 했습니다. 그 자리에서 박 팀장이 그러더군요. 윤환 씨한테 「하루 세끼」 섭외가 들어왔는데 정작 자신은 그에 대해 일언반구도 듣지 못했다고요. 그래서 이곳에서는 더는 자신의 일자리가 없을 거 같다고 퇴사하겠다더군요."

"예? 그런 일이 있었습니까? 근데 진짜 환이한테 「하루 세끼」 섭외가 들어온 게 맞습니까?"

"확인해 봤는데 맞더군요. 회사 측에서 무응답으로 일관하자 황 피디님이 윤환 씨한테 직접 연락을 했다고 합니다."

"도대체 누가……."

그때 본부장의 눈길이 자연스럽게 2팀장에게로 향했다.

모든 상황이 단 한 명을 가리키고 있었다.

2팀장이 어버버 하며 황급히 변명을 늘어놓았다.

"아니, 그게…… 환이는 한동안 콘서트 때문에 또 바쁠 테고 신곡도 준비해야 해서…… 예능프로그램은 그 이후에 출연해도 얼마든지 될 일이고요. 뭐 「하루 세끼」만 있는 것도 아니고요. 실제로 「하루 세끼」는 환이보다는 강한수한테 초점이 맞춰져 있는 프로그램이니까요. 그래서 제가 조금 더 생각해 볼 시간이 필요하다고 말한 거였는데……."

"인마! 환이 재계약에 매달리라고 했지 그 녀석 스케줄까지 터치하라고 한 건 아니잖아!"

"그래도……."

이형석 대표가 한숨을 내쉬었다.

어차피 엎질러진 물이다.

구름나무 엔터테인먼트는 대형기획사다. 한두 명의 공백 정도는 크게 느껴지지 않는다.

윤환이 재계약을 하지 않는다고 해도 문제될 건 없다는 의미다.

하지만 그것이 주주들에게 알려지면 자신의 경영에 문제가 있지 않느냐는 식의 루머가 돌 수도 있다.

윤환이 갖고 있는 비중은 생각보다 꽤 크기 때문이다.

"일단 윤환 씨하고 재계약하는 데 총력을 기울여 주세요."

"예, 알겠습니다. 대표님."

그러나 윤환은 재계약에 있어서 좋지 않은 반응이었고 결국 윤환은 계약만료가 되어 FA로 구름나무 엔터테인먼트를 떠나게 되었다.

한수는 3팀장과 함께 기획사를 새로 꾸렸다.

대표를 맡게 된 건 3팀장이었다. 어차피 기획사를 꾸리고 운영해야 하는 건 3팀장이었다.

"이제 박 대표님이네요."

"⋯⋯허울만 좋은 대표지. 어쨌든 앞으로 잘 부탁한다."

"예. 그럼요. 내실만 알차면 상관없죠."

"기획사 이름은 뭘로 정할 거야?"

한수가 곰곰이 고민에 잠겼다.

여러 가지 이름이 머릿속을 휘감았다.

그러나 마음속에서 이미 결정은 내려져 있었다.

"채널 엔터테인먼트 어때요?"

"뭐? 채널? 음, 샤넬하고 헷갈리지 않을까?"

"그건 불어 발음이니까 상관없죠. 우린 영어니까요. 채널 엔터테인먼트로 가죠."

"⋯⋯좋아. 우리 대주주님 의견을 따라야겠지. 그리고 출연하고 싶은 프로그램은 있어? 아니면 그냥 복학하고 대학교 강의만 들을 거야?"

고민하던 한수가 고개를 끄덕였다.

"일단 졸업은 해야 하니까요. 너무 오래 쉬기도 했고요."

"한국대에서 그 정도는 어련히 봐주지 않을까?"

"그래도 형평성에서 어긋날 수는 없잖아요. 그래도 촬영이 있으면 촬영을 우선할 생각이에요. 학점은 학사경고 받지 않을 정도로만 받아두면 될 테니까요."

"좋아. 그럼 섭외 오는 대로 일단 다 받아볼게. 거기서 마음에 드는 것만 출연하자."

한수가 3팀장을 보며 말했다.

"아, 그리고 「EBS PLUS1」 채널에 한 번 출연할 생각은 있어요. 그것도 염두에 두셨으면 좋겠어요."

"「EBS PLUS1」? 거긴 왜? 강사라도 하려고?"

"그럴 이유가 있긴 해요. 일단 제가 아는 사람한테 청탁은 넣어봤는데 연락 주기로 했으니까 기다려보려고요."

"알았어. 아, 그리고 황 피디님하고는 계속 같이할 거야?"

"나쁘지 않죠. 실력 좋고 인성도 좋고. 연출하는 프로그램마다 정체성이 뚜렷한 분이니까요."

3팀장이 고개를 끄덕였다.

한수 말대로 황 피디는 국내 연예계에서 탑3 안에 드는 피디였다.

그와 방송을 함께하고 싶은 연예인들이 줄을 서 있었다.

한수는 처음 황 피디 눈에 띈 덕분에 프리패스 중이었지만 대부분의 무명 연예인들은 게스트로라도 방송에 나오기 위해 고군분투하고 있는 상황이었다.

그렇게 3팀장, 아니, 박 대표가 새로 설립한 기획사 업무를 맡아보는 동안 한수는 복학 준비를 하며 한편으로는 「힐링 푸드」 이후 어떠한 채널을 확보할지도 고민하기 시작했다.

그동안 한수는 다양한 영역에서 활동을 했다.

음악, 요리, 축구, 생존 등.

각양각색의 분야에서 정점에 오르곤 했다.

이제 새로운 분야도 진출할 필요가 있었다.

그때였다.

3팀장, 아니, 박 대표한테 연락이 왔다.

예능프로그램 한 곳에서 섭외가 들어왔는데 해볼 생각이 없냐는 것이었다.

황 피디는 아니었고 지상파였다.

UBC에서 한수를 섭외하고 싶어 했다.

지상파는 지금 당장 확보할 수 없기 때문에 한수는 고사하려 했다.

그렇지만 UBC 피디가 워낙 한수를 간절하게 원하고 있었다.

박 대표도 긍정적인 반응을 보이고 있었다.

지금 한수는 거의 신비주의에 가까웠는데 그것에서 탈피해서 더 새로운 모습을 보여줄 수 있지 않겠냐는 게 그의 논지였다.

  그러는 동안 만수르 왕자가 한수에게 선물했던 람보르기니 센테나리오 로드스터가 한국에 도착했다. 그리고 때맞춰서 만수르 왕자한테 연락이 왔다.

  -선물은 잘 도착했나 모르겠군.

  "예. 무사히 받았습니다. 감사합니다, 왕자님."

  -하하, 은퇴했다고 이제는 구단주라고 안 부르는군.

  "예, 은퇴했으니까요."

  -다른 구단에서 뛰지 않는다는 것만으로도 내겐 기쁜 일이야. 자네는 영원한 맨체스터 시티의 선수로 남아줬으면 하는 바람이니까.

  "그럴 겁니다."

  -그보다 자네, 당장 바쁜가?

  "예? 그렇지 않습니다. 9월이 되면 이제 대학교에 복학해야 해서 바쁘겠지만, 아직 시간이 조금 남아 있어서요."

  -그렇군. 그러면 한번 내 고국에 방문하지 않겠나? 자네하고 때늦은 여름휴가를 즐기고 싶군.

  "……여름휴가요?"

  -그렇다네. 어떠한가? 친구여.

  만수르 왕자의 초대에 한수가 고민하던 끝에 대답했다.

"언제까지 가면 됩니까?"

-8월 셋째 주까지 이곳으로 오면 되네. 자네가 온다면 전용기를 보내놓도록 하겠네.

「힐링 푸드」 3회 차 촬영은 8월 둘째 주에 있다.

그 이후 한동안은 일정이 비어 있는 상태다.

「EBS PLUS1」 채널 같은 경우 9월에 확보해도 늦지 않다.

한수가 흔쾌히 대답했다.

"좋습니다. 그럼 그때 뵙도록 하죠."

-내 초대에 응해줘서 고맙네.

왕족의 여름휴가는 어떠할까?

기대했던 것 이상일까? 아니면 생각 외로 수수할까?

벌써부터 기대가 되기 시작했다.


만수르 왕자와 통화를 끝낸 뒤 한수는 3팀장에게 전화를 걸었다.

지금 무슨 프로그램 섭외가 들어왔는지는 알 수 없지만 전부 다 미뤄야만 했기 때문이다.

"형, 전데요."

-응. 무슨 일이야? 설마 UBC 프로그램 출연하려고?

"아뇨. 그게 아니라 못 나갈 거 같아서요."

-……왜? 아니, 진짜 좋은 건수라니까. 피디님이 무조건 너

위주로.

그때 한수가 그의 말을 자르며 말했다.

"죄송해요. 형, 근데 저는 제가 촬영하고 싶은 프로그램만 촬영할 생각이에요. 우리가 기획사 차리기로 할 때 이야기한 거 잊지 않았죠?"

-아. 그래, 미안하다.

박 대표가 멋쩍은 목소리로 대꾸했다.

한수는 그와 1인 기획사를 차리기로 할 때 조건 하나를 걸었다.

그것은 한수가 원치 않은 촬영일 경우 억만금이 들어와도 그 촬영은 절대 하지 않겠다는 것이었다.

완전한 자율.

그것은 대표든 누구든 무조건 지켜져야만 하는 것이었다.

구름나무 엔터테인먼트에서도 최대한 소속 연예인의 자율성을 존중하겠다고 계약서에도 적고 실제로 이형석 대표도 연거푸 이야기했지만, 그 자율성이 제대로 지켜지기란 쉽지 않은 일이었다.

내부는 어떻게 한다고 해도 외부에서 압박이 들어올 경우 대형기획사라고 한들 버티는 게 용이하지 않기 때문이다.

실제로 구름나무 엔터테인먼트에서는 최대한 소속 연예인의 자율성을 보장하려 했지만, 외부의 압박 때문에 그 자율성을 확보하지 못하는 경우도 적지 않았다.

한수가 구름나무 엔터테인먼트와 재계약을 맺지 않은 이유는 그런 것도 없지 않아 있었다.

배우 정수아 관련 사건 때 그들이 도와줬던 건 그가 맨체스터 시티에 입단하며 건넨 보상금으로 충분히 퉁쳤다고 생각 중이었다.

-그런데 갑자기 무슨 일 있어?

박 대표가 물었다.

여전히 그는 끈질겼다. 그가 볼 때는 UBC에서 새로 런칭하려는 예능프로그램이 한수하고 정말 잘 맞아떨어졌기 때문이다.

한수는 그런 박 대표의 일 처리는 나쁘지 않다고 생각했다.

어디까지나 그는 자신이 데리고 있는 연예인을 최우선시하는 경향이 있었다. 열심히 일하려는 사람을 계속 몰아붙이는 것도 좋지 않은 일이었다.

한수가 입술을 열었다.

"만수르 왕자가 여름휴가에 초대했어요."

-뭐? 진짜?

"예. 같이 휴가 보낼 생각 있냐고 하더라고요. 그래서 있다고 하니까 전용기를 보내주겠다고 하네요."

-무슨 스케일이……. 미쳤네.

"하하, 그러게요."

-왕궁에서 노는 거야?

"글쎄요. 기대하라는데 뭐 일단 가봐야죠. 아마 이동하지 않을까 싶은데요?"

-흠, 부러운 자식. 나도 끼어서 가면 안 되……겠지?

"형은 일해야죠. 일단 환이 형 계약부터 잘 해결해야 하지 않겠어요?"

-마침 그것 때문에 골머리를 앓고 있긴 했다. 구름나무에서 되게 끈질기게 굴고 있어. 놔주고 싶지 않다는 거지.

"어차피 계약 기간 만료되면 남남이잖아요."

-그래도 한류스타 윤환을 만들어낸 건 자신들이니까 그에 대한 유 무형적인 권리를 어느 정도는 인정받고 싶다는 거야. 기가 차는 일이지.

"중간에서 적절히 조율해 봐요."

-그래. 일단 이형석 대표님 만나서 이야기해 보려고.

"예. 잘 부탁드립니다. 박석준 대표님."

-……하하, 대표님 소리 들으니까 되게 어색하네. 어쨌든 휴가 잘 다녀와라.

"예."

며칠 뒤 한수는 람보르기니를 몰고 인천국제공항으로 향했다.

그가 만수르 왕자의 초대를 받아 아랍에미리트 아부다비 왕국으로 휴가를 간다고 했을 때 그를 잘 아는 사람들의 반응은 각양각색이었다.

승준처럼 부러워하는 사람이 있었고 지연처럼 같이 가고 싶어 하는 사람도 있었고 서현처럼 예쁜 여자 많다고 한눈팔지 말라고 스캔들 날까 봐 걱정이라고 그를 단속하는 경우도 있었다.

황 피디는 캐리어 속에 들어가는 한이 있더라도 쫓아가겠다고 했지만 그를 담을 수 있는 캐리어가 있을 리 없었다.

그렇게 각진 자태를 자랑하는 람보르기니가 장기주차장에 들어섰다. 그리고 한수는 미리 나와 있던 승무원을 만나볼 수 있었다.

"이리로 오시죠."

늘씬하고 키 큰 스튜어디스가 한수를 안내했다.

커다란 선글라스를 낀 채 한수가 그 뒤를 쫓았다.

사람들의 시선이 두 사람에게 쏠렸다.

"와, 여자 되게 예쁘네."

"오드리 햅번 아니야?"

"코 오똑 한 거 봐. 자연산일까?"

"어느 항공 승무원이지?"

남자들이 한수를 안내하는 스튜어디스에 끔뻑 빠진 동안 여자들은 한수를 위아래로 훑어보고 있었다.

"키 진짜 크다."

"몸도 완전 좋아. 한번 만져보고 싶……."

"얘는. 그러다가 너 성희롱으로 신고당해!"

"딱 봐도 식스팩이 두드러져 보이는 거 같지 않아?"

"근데 강한수 닮지 않았어?"

"어? 그러고 보니까, 그런 거 같기도 하고……."

"사인해 달라고 하고 싶다."

"아니면 어쩌려고?"

그러는 사이 두 사람은 곧장 출국장에 도착했다.

보통의 출국 절차는 이렇다.

먼저 캐리어를 부치고 그다음 출국장에 들어가서 소지품 검사를 받은 다음 법무부 직원을 통해 출국심사를 받고 비행기가 출발하기만을 기다리게 된다.

넉넉잡고 소요되는 시간은 1시간에서 2시간 남짓.

특히 지금 같은 휴가철에는 사람들로 북새통을 이루고 있기 때문에 3시간 이상 잡아야 할지도 모른다.

그러나 한수가 기존에 「자급자족 in 정글」 촬영이나 「무엇이든 만들어드려요」 촬영에서 겪었던 상황과는 전혀 달랐다.

"짐은 어디서……."

"예? 아, 안 부치셔도 됩니다. 저만 따라오시면 돼요. 모든 준비는 다 끝내뒀습니다."

한수가 어색한 얼굴로 그녀 뒤를 쫓았다.

그렇게 그는 커다란 화물용 캐리어를 가지고 출국장에 들어섰다. 앞서 가던 승무원이 뭔가를 내밀자 그녀가 고개를 끄덕이고는 급히 사람을 불렀다. 그 후 두 명은 다른 길을 통해 소지품 검사를 마칠 수 있었다.

다른 사람들이 한 시간 넘게 줄을 서서 기다리는 것과는 달리 한수는 다이렉트로 통과할 수 있었다.

그 후 법무부 직원과의 인터뷰를 간단히 끝낸 뒤 한수는 면세점에 들어설 수 있었다.

"혹시 면세점에서 구입하실 물건이라도 있으신가요?"

"음, 없어요."

"예, 그럼 바로 이동하도록 하겠습니다."

한수는 계속해서 스튜어디스 뒤를 쫓았다.

면세점에서 쇼핑 중이던 사람들이 여러 번 고개를 돌릴 만큼 그녀는 눈부실 정도로 우아했고 아름다웠다.

괜히 사람들이 그녀한테 시선을 두는 게 아니었다.

그리고 그들은 커다란 비행기에 곧장 탑승할 수 있었다.

기장과 부기장, 사무장 등 전용기 직원들이 앞에 나와 서 있었다.

"한스 씨를 모실 수 있어서 영광입니다. 저는 기장 제임스입니다. 지금부터 한스 씨를 아부다비 공항으로 안전하게 모시도록 하겠습니다."

전용기 한 대에 기장과 부기장, 사무장 그리고 승무원이 모두 네 명이었다.

한수를 여기까지 안내한 승무원 못지않게 아름다운 여성 승무원들이 한수 주변에 서 있었다.

얼마 지나지 않아 비행기가 천천히 활주로로 나아가기 시작했다.

인천국제공항에 도착하고 이륙까지 걸린 시간은 불과 한 시간 남짓.

만수르 왕자 그리고 전용기의 위력이 얼마나 대단한지 새삼 실감하게 되는 순간이었다.

아부다비 공항까지 가는 데는 아홉 시간 정도가 소요됐다.

그동안 한수는 두 차례 식사를 할 수 있었는데 둘 다 비행기에서 먹는 걸 감안하면 대단히 맛있었다.

사실 그보다 한수를 곤혹스럽게 만든 건 네 명의 스튜어디스이었다.

그녀들이 너무나도 성실하게 대해준 탓에 한수는 곤혹스러울 정도였다. 한수가 조금이라도 움직이면 곧장 다가와 불편한 점이 있는지 물어보는 것이었다.

그리고 샤워를 하고 나오자 퀸 사이즈의 커다란 침대에 그녀들이 손수 이부자리를 준비해 뒀는데 얼마나 푹신한지 한수는 새삼 모르고 푹 단잠에 빠질 수 있었다.

그렇게 아부다비 공항에 도착한 뒤 한수는 방탄유리창이 달린 리무진을 타고 만수르의 저택에 도착했다.

만수르의 저택은 황금으로 지어진 신전이 아닌가 하는 생각이 들 정도로 화려했다.

게다가 그에게는 아내와 자식들도 많았다.

개중 한수를 알아본 몇몇 아이가 한수에게 매달리길 반복하며 그에게 놀아달라고 떼를 쓰고 있었다.

그것도 잠시 만수르가 한수에게 가까이 걸어오자 아이들이 한수에게서 멀어졌다.

"어서 오게. 오는데 불편한 점은 없었나?"

"전혀 없었습니다. 왕자님 호의 덕분에 정말 편하게 올 수 있었습니다."

"내 친구를 위한 일인데 부족함이 없게 해야지."

"감사합니다."

"닷새 정도 시간을 낼 수 있다고 했던가?"

"예, 그다음 주에는 또 촬영 일정이 잡혀 있어서 귀국해야 합니다."

"알고 있네. 좋은 취지 같더군."

"제가 무슨 프로그램을 촬영 중인지 알고 계십니까?"

"하하, 한스. 인터넷이 얼마나 발달했는지 잊었는가? SNS를 조금만 둘러보면 자네가 어떤 프로그램을 촬영하고 있는지는 실시간으로 알 수 있다네."

"그렇군요."

만수르가 호탕하게 웃음을 터뜨렸다.

"그 정도로 내가 자네한테 관심이 많다는 의미이기도 하지. 나는 여전히 자네가 맨체스터 시티에서 뛰길 원하고 있거든."

"……저는 축구 선수로 뛸 생각이 더는 없습니다."

"정말인가? 만약 내가 연봉으로 천억을 주겠다면 어떻겠는가?"

연봉 천억.

천억 원이면 크리스티아누 호날두의 이적료에 육박하는 어마어마한 돈이다.

그 돈을 스스럼없이 주겠다고 하는 만수르의 배포가 새삼 대단했다.

하지만 한수는 고개를 저었다.

"돈 문제가 아닙니다. 제게는 그보다 더 원대한 숙원이 있습니다."

"원대한 숙원이라…… 그것은 무엇인가?"

"음, 그건 알려드리기가 어렵군요. 왕자님."

"아쉽군, 아쉬워. 자네 같은 선수를 내 품에 안았다가 놓치는 기분이 어떤지 아나? 정말 서글프고 억울하기 이를 데 없다네."

만수르가 이렇게 애통해하는 이유는 한수가 정말 뛰어난 축구 선수인 탓도 있지만 맨체스터 시티가 개막전부터 3라운드까지 진행된 현재까지 1무 2패로 성적이 좋지 않은 탓도 있었다.

선수들은 부상에 신음하고 있고 이적생들도 이렇다 할 활약을 펼쳐주지 못했다.

그렇다 보니 만수르로서는 강한수를 원할 수밖에 없었다.

이 위험한 국면을 해결해 줄 수 있는 선수는 단 한 명뿐이니까.

그렇지만 한수가 저렇게 싫다고 하는데 계속 물어볼 수도 없는 노릇이었다.

싫다고 하는데 윽박지른다고 해서 해결될 일은 아니었다.

느긋하게 다음 기회를 노릴 필요가 있었다.

"좋네. 대신 우리 우정은 영원하겠지?"

"물론입니다. 왕자님뿐만 아니라 맨체스터 시티를 향한 제

우정도 영원할 겁니다."

"듣던 중 반가운 소리군. 하하. 그럼 안으로 들어가세."

"예, 왕자님."

한수의 캐리어는 만수르 왕자의 저택에서 일하는 시종이 가져갔고 한수는 만수르 뒤를 쫓아 저택 안으로 들어왔다.

저택 안도 모든 게 황금으로 꾸며져 있었다.

그야말로 화려하다는 말로도 부족해서 사치스럽다고 생각될 정도로 으리으리했다.

저택을 둘러보던 도중 만수르 왕자가 한수를 보며 입을 열었다.

"닷새 동안 마음껏 휴가를 즐기도록 하세."

"그런데 뭘 하는 겁니까? 정작 뭘 하는지는 이야기를 듣질 못해서요."

"하루는 사막 투어를 떠날 생각일세. 사륜구동 오토바이를 타고 사막 위를 달려보면 정말 즐거울 거야. 그러고 나서 요트를 타고 인도양으로 떠날 걸세. 혹시 이비자라고 들어본 적 있나?"

한수가 고개를 끄덕였다.

세계적인 휴양지 중 한 곳으로 밤낮으로 파티가 열리는 클럽의 메카로 스페인의 대표적인 휴양지로 유명 스타들도 주로 찾는 명소다.

"그곳에서 하루 논 다음 그 이후에는 모로코에 있는 내 별장에서 휴양을 즐길 걸세."

환상적인 일정이다.

한수가 환하게 웃었다.

"감사합니다. 덕분에 여름휴가를 제대로 즐길 수 있겠군요."

"하하, 나야말로 기대하고 있네."

"예?"

"이번 휴양은 나와 자네, 단둘만 갈 거야. 경호원들도 동행할 테지만 어디까지나 자네와 나 둘이서 즐기는 휴양이 될 걸세. 내 가족들은 따로 휴양을 떠나기로 했거든."

"……"

남자와 남자, 단둘이 떠나는 휴양.

한수가 어색하게 미소를 지었다.

뭐랄까. 제대로 사기당한 기분이었다.

# CHAPTER
# 5

그것도 잠시 한수가 환하게 미소 지었다.

"좋군요. 덕분에 즐거운 여름휴가가 될 거 같습니다."

문득 한국에 있는 서현과 지연이 생각났다.

윤환과 승준이 보고 싶어졌다.

차라리 이들하고 함께 여름휴가를 떠났으면 어땠을까 하는 생각이 들었다.

"그럼 푹 쉬어두게. 이따가 만찬이 준비되면 알려주겠네."

"예, 왕자님. 감사합니다."

한수는 자신을 안내하는 시종의 뒤를 쫓았다.

그에게 배정된 방은 엄청난 넓이를 자랑했다.

게다가 방에 있는 모든 가구가 하나같이 금붙이였다.

번쩍거리는 방 안을 둘러보며 한수는 혀를 내둘렀다.

만수르 왕자, 그가 갖고 있는 부가 얼마나 어마어마한지 새삼 실감이 났다.

"편히 쉬십시오."

시종이 떠난 뒤 한수는 침대에 누웠다.

몸이 푹 잠길 만큼 푹신푹신했다. 그리고 그는 침대에서 스마트폰을 확인했다.

카톡이 몇십 개 와 있었다. 한수는 서현에게서 온 카톡부터 확인했다.

서현은 친구들과 함께 보라카이로 휴양을 떠난 모양이었다.

새하얀 색 래시가드를 입고 있었는데 워낙 몸매가 좋아서일까?

그 자체만으로도 안구 정화가 되는 듯했다.

-어때? 여기 놀러 오려고 새로 산 옷인데 괜찮아?

두 시간 전쯤 온 카톡이었다.

한수가 답장을 바로 보냈다.

-응, 잘 어울리네. 재미있게 놀아. 부럽다.

그리고 다른 카톡을 확인하려 할 때였다.

재차 카톡 답장이 왔다.

-왜? 만수르 왕자가 초대해서 간 거잖아. 별로야?

-그건 아니고…… 그냥, 하하.

남자 둘이서 놀게 됐기 때문에 그렇다고 말할 수는 없는 노릇이었다.

-아쉽다. 너랑 같이 여기 놀러 왔으면 진짜 재미있었을 텐데.

-친구들하고 놀러 간 거잖아.

-내 친구들 다들 너 보고 싶어 해.

-어? 정말?

-응. 그러니까 나중에 시간 되면 꼭 보자. 괜찮지?

-어려울 거는 없지.

그녀 친구들이라면 대부분 연예인일 터.

어려운 일은 아니었다.

그 이후 한수는 지연에게서 온 연락도 확인했다.

그녀 역시 친구들과 함께 여름휴가에 간 듯했다.

잔뜩 사진을 보내놓은 뒤였다.

-아부다비는 잘 도착했어? 도착하는 대로 톡하는 거 잊지 마.

밝고 활기차 보이는 그녀 모습은 누구에게나 활력소가 되어줄 수 있는 그런 것이었다.

그렇게 두 사람의 카톡부터 확인한 뒤 한수는 나머지 연락은 대충 둘러봤다.

윤환이 질시하는 카톡이 꽤 많았지만 한수는 그러려니 하고 넘겼다.

노엘 갤러거와 앨범을 함께 발매한 뒤 부쩍 이럴 때가 있었기 때문이다.

그렇게 밀려있던 연락을 확인하고 스마트폰으로 기사를 확인하는 사이 훌쩍 시간이 지나 저녁 시간이 되었다.

시종이 방문을 두드렸다.

"깨어나 계십니까?"

"그렇습니다."

"만찬이 준비되었습니다. 바깥에서 기다리고 있겠습니다."

한수가 방 밖으로 나왔다.

시종이 그를 안내했다. 만수르의 가족이 함께 식사를 하는 식당에는 호화로운 요리들이 가득 차려져 있었다. 그리고 만수르의 가족들이 옹기종기 모여 있었다.

한수가 도착하자 만수르가 반갑게 그를 맞이했다.

"어서 오게."

"……제가 늦은 모양이군요."

"손님은 언제든지 늦어도 되는 법일세. 그럼 만찬을 즐기도록 하세나."

한수가 만수르 바로 옆자리에 앉은 뒤 그들은 본격적으로 만찬을 즐기기 시작했다.

유명한 쉐프가 차린 듯 이곳에 차려진 모든 요리들은 하나하나 그 맛의 깊이가 남달랐다.

국내에서도 이 정도 실력을 갖춘 쉐프는 열 손가락 안에 들어갈 정도로 적었다.

확실히 왕가의 저택은 남다른 무언가가 있었다.

사막 투어를 하러 오기 전까지만 해도 한수는 약간의 기대를 품고 있었다.

왕자이긴 해도 남자하고 단둘이 휴가를 떠나는 건 전혀 생각해 본 적이 없었다.

당장 국내에만 해도 한수를 이상형으로 꼽는 아이돌들이 적지 않았다.

개중에는 배우도 있었다.

한수가 마음만 먹는다면 스캔들 한두 개 터뜨리는 건 일이 아니었다.

그런데도 한수가 그렇게 하지 않는 건 원대한 목표가 있어서였다.

그러다가 만수르에게 초대를 받았다.

이곳은 외국인만큼 상대적으로 간섭이 덜했다. 제대로 휴가를 보낼 수 있을 것이라고 생각했다.

더군다나 만수르가 아닌가.

그런 만큼 단둘이 함께하는 휴양은 진심으로 아닐 거라고 믿었다.

그러나 그 믿음은 산산조각 부서졌다.

다음 날 아침 한수는 만수르와 함께 사막으로 향했다.

경호원을 대동하고 사막에 대동한 그들은 사륜 구동 오토바이를 빌렸고 그 오토바이를 타고 사막을 누비기 시작했다.

만수르는 익스트림 스포츠를 꽤 즐기는 듯 여유롭게 4륜 구동 오토바이를 움직이고 있었다.

한수 역시 「Travel」 채널을 통해 4륜 구동 오토바이를 다루는 법을 배운 바 있었다.

「Travel」 채널에서는 온갖 여행지를 다뤘고 개중에는 사하라 사막도 있었다.

또, 사하라 사막 같은 경우 이곳 아부다비처럼 4륜 구동 오토바이를 이용한 사막 투어가 꽤 흥행하는 곳이기도 했다.

그런 탓에 한수는 여유롭게 4륜 구동 오토바이를 몰 수 있었다.

자신을 뒤따라오고 있는 한수를 보며 만수르가 가볍게 탄성을 흘렸다.

"대단하군. 누가 보면 사막에서 태어난 줄 알겠어?"

"별말씀을요. 왕자님이야말로 이런 익스트림 스포츠를 즐기시는 모양입니다."

"하하, 여름에는 사막 투어를 겨울에는 스키를 타러 다니곤

하지. 물론 시간 여유가 있을 때에 한해서이긴 하지만 말이야."

만수르는 왕자답게 삶에서 여유가 묻어나오고 있었다.

그렇게 사막 투어를 끝낸 뒤 그들은 4륜 구동 오토바이를
타고 다시 저택으로 돌아왔다.

어제만 해도 시끌벅적하던 저택은 조용해져 있었다.

만수르의 가족들 모두 자리를 비운 것이다.

"시끌벅적하던 저택이 이렇게 조용해진 걸 보니까 새삼 적응
이 되질 않는군."

"그럼 저희는 내일 떠나는 겁니까?"

"아니지. 시간은 돈으로도 주고 살 수 없는 것이라네. 이제
본격적인 여름휴가를 즐겨야 하지 않겠나?"

만수르가 씨익 미소를 지었다.

푹푹 찌는 더위 속에 이승준은 눈살을 찌푸렸다.

이럴 때일수록 한수가 생각났다.

"한수 형은 만수르 왕자하고 휴가 잘 보내고 있겠죠?"

윤환이 눈살을 찌푸리며 말했다.

"말도 마. 내 연락 죄다 씹더라."

"어휴, 부럽네요. 형은 휴가 안 가세요?"

"휴가는 무슨. 지금 내 상황 몰라?"

윤환이 투덜거렸다.

지금 그는 구름나무 엔터테인먼트와의 계약 분쟁 때문에 머릿속이 복잡했다.

구름나무 엔터테인먼트에서 조금씩 윤환을 압박하기 위해 별의별 기사를 터뜨리고 있었기 때문이다.

개중 대부분은 정말 사소한 오해거나 혹은 좋게 마무리된 소소한 사건인데도 불구하고 이슈가 되어버리는 경우도 있었다.

그것들 모두 구름나무 엔터테인먼트 쪽에서 엿 먹어봐라 라는 심정에서 던진 것일 터였다.

"이형석 대표님이 그런 분인지는 몰랐어요."

"이 대표님이 아니야."

"예? 그러면요?"

"2팀장일 가능성이 높지."

"……2팀장이요?"

"어. 이형석 대표님 스타일은 이것하고 달라. 이형석 대표님은 문제가 있다 생각되면 주저 없이 말하는 스타일이야. 이렇게 뒤통수를 치고 은근슬쩍 툭툭 건드리질 않아. 아웃복서가 아니라 인파이터 같은 타입이지."

윤환이 고개를 끄덕였다.

"어쨌든 그만큼 내가 떠나길 싫어하거나 혹은 떠나서 망해 버렸으면 좋겠거나 둘 중 하나겠지."

"……."

"뭐 2팀장하고는 악연이 조금 있긴 하니까."

"그럼 형은 이제 어떻게 하실 거예요? 진짜 박 팀장님 아니, 박 대표님이 차린 회사에 들어갈 생각이세요?"

두 사람이 이곳에 모인 이유는 다른 게 아니었다.

박 대표가 차린 신생 기획사 때문이었다.

신생인데도 불구하고 강한수 한 명이 소속되어 있다는 것 때문에 시장의 관심은 사뭇 높은 편이었다.

과연 구름나무 엔터테인먼트의 품을 벗어난 강한수가 얼마나 활약해 줄지도 관심거리였고 또 누가 그 기획사에 들어가느냐도 대중들의 관심을 받고 있었다.

실제로 개중에서 가장 가능성이 높은 연예인은 한류스타 윤환으로 평가받고 있었는데 그의 계약 기간이 얼마 남지 않은 점과 박 대표 그리고 강한수와의 친분이 그 이유로 손꼽히고 있었다.

그런 와중에 윤환이 승준을 만나고자 한 건 승준도 곧 계약이 만료된다는 걸 알고 있어서였다.

"너는 생각 있어?"

"……저는 어렵죠."

승준이 고개를 저었다. 그는 소속사를 옮길 마음이 없었다.

지금 소속되어 있는 소속사 덕분에 고봉식 감독의 신작 영화에 출연할 수 있었고 조연이긴 했지만 그 배역 덕에 지금의 인지도를 쌓아올릴 수 있었다.

"그래. 그럴 줄 알았다."

"알면서 왜 보자고 하신 거예요?"

"서현하고 지연. 두 사람 이야기 좀 하고 싶어서."

승준이 두 사람과 연관 관계가 있듯 한수나 윤환도 그들과 연관 관계가 있다.

승준이 의아한 얼굴로 윤환을 쳐다보며 물었다.

"왜요? 무슨 일 있으세요?"

"두 사람이 요즘 수상쩍어. 뭐랄까. 서로를 숙적 쳐다보듯 보는 게 느껴진단 말이야. 너는 그런 거 못 느꼈어?"

"언제부터 그랬는데요?"

"한수가 요리 엄청 많이 한 적 있잖아. 기억나냐?"

"예. 기억나요."

"그 날 너하고 나하고 지연이, 서현이 거기에 박 대표님까지 불렀잖아."

"그랬죠. 두 분은 한수 형하고 같이 삼자회담 여셨고요."

"그럴 수밖에 없는 중요한 이야기였어. 그건 별개로 그 날부터 뭔가 이상하단 말이야. 예전이었으면 그냥 들이댔을 텐데

요새는 서로 좀 자중하면서 은근슬쩍 친해지려 하더라."

"두 사람이 동시에 한수 형을요?"

"너는 몰랐나 보네. 대충 보면 짐작 가지 않냐? 둘 다 한수를 마음에 들어 하던 눈치인데 한수 속마음은 어떨지 모르겠네."

"헉. 어, 언제부터 알았어요?"

"알게 된 지는 꽤 됐지. 한수 녀석이 매력은 많잖냐. 특히 여자한테 먹힐 만한 매력들이 많다니까."

"와, 대박. 저는 여태 형 모르는 줄 알았는데……"

"모르는 게 이상한 거지. 잠깐. 그럼 너도 알고 있던 거야?"

"……예."

"그럼 그 일은 어떻게 된 거야? 왜 둘이 저래? 저 정도로 사이 나쁜 적은 없었던 거 같은데."

"아, 그게 제가 중재를 좀 했거든요. 이러다가 두 사람 사이가 나빠질까 봐 한수 형이 부담 갖지 않는 선에서 적당히 하기로요."

"그래서 요즘 두 사람이 한수 앞에만 서면 요조숙녀가 되는 모양이군."

"네, 하하. 조금 둘 다 안 어울리긴 하죠."

"……그 말 두 사람한테 해도 돼?"

"형!"

"그래도 둘 중 누구하고 스캔들이 터질지 가장 궁금하다. 서현일까? 지연일까?”

"저는 서현 누나요.”

"지연이도 가능성은 충분한데.”

윤환은 지연에게 아직 미련이 남아 있었다.

그러나 그들의 추측은 바로 다음 날 부질없는 짓이 되어버리고 말았다.

다음 날 기사 1면에 뜬 소식 때문이었다.

한편 아직 기사가 뜨기 전 날.

한수는 사막 투어를 마치고 만수르와 함께 저택으로 돌아왔고 만수르 가족들이 모두 휴양을 떠났음을 알 수 있었다.

그렇게 하루 대저택에 머무를 줄 알았지만 슬슬 석양이 내려앉을 무렵 그들은 저택에서 멀리 떨어지지 않은 곳에 위치한 요트 선착장으로 향했다.

크고 작은 요트 수백여 대가 선착장에 묶여 있었다.

그러나 만수르가 향한 곳은 개중에서도 가장 크고 화려한 크루즈였다.

"우리는 이것을 타고 인도양을 누벼볼 걸세.”

만수르가 환하게 웃었다. 그러나 한수는 얼굴을 빨갛게 물들인 채 크루즈를 바라볼 수밖에 없었다. 크루즈에 마련된 야외 수영장에 비키니를 입은 채 환호성을 내지르는 수십 명의 미녀들이 즐비했기 때문이다.

"저들은 우리의 손님일세. 하하."

별거 아닌 이 말이 오늘따라 무척 감미롭게 들리고 있었다.


한수가 만수르를 보며 물었다.

"우리 둘끼리 휴양 가는 거 아니었습니까?"

"그럴 거면 이렇게 커다란 크루즈를 타고 갈 필요가 없지. 그리고 휴양인데 적적하게 단둘이 떠날 수야 없지 않겠나? 그건 손님 대우가 아니지."

"……하하."

한수가 어색하게 웃었다.

비키니를 입고 있는 늘씬한 여성들이 눈에 들어왔다.

그녀들 모두 한수를 향해 손을 흔들어 보이고 있었다.

그렇게 두 사람이 크루즈에 올라탔다.

이 크루즈는 오로지 만수르를 위해 준비된 것이었다.

수십 명의 승무원이 만수르 한 명만을 위해 움직이고 있었다.

한수는 새삼 느껴지는 만수르의 위엄에 다시 한번 감탄했다.

승무원들이 두 사람이 가져온 캐리어를 끌고 가져갔고 두 사람은 크루즈에 올라탔다.

수십 명의 미녀는 크루즈에 마련된 실내 수영장에서 물놀이를 즐기고 있었다. 그녀들은 대단히 환한 미소를 지어 보이고 있었는데 그 정체가 사뭇 궁금했다.

한수가 만수르를 보며 물었다.

"다들 누구인가요?"

"빅토리아 패션쇼에 참가했었던 모델들이라네."

"아……"

한수는 그제야 납득이 갔다.

어째서 그녀들 몸매가 저렇게 돋보이는지 이해가 갔다.

그것도 잠시 그녀들이 왜 이 크루즈에 올라타 있는 건지는 여전히 알 수 없었다.

"이 크루즈에 올라타 있는 건……"

"빅토리아 패션쇼의 최대 후원자가 바로 나일세. 그리고 그녀들 대부분 신인 모델들이지. 내 후원을 받기 위해 모인 것이라네. 뭐, 저들 중에는 한스, 자네한테 호의를 품고 있는 사람도 적지 않게 있는 듯 보이는군."

"예? 설마요."

"하하. 한스, 자네는 한 시즌이긴 했지만 맨체스터 시티를 세계 축구계의 정상에 올려놓은 입지전적인 인물이야. 그뿐만 아니라 자네의 노래 실력은 누구나 알아주지 않는가. 이따가 감미로운 기타 연주를 곁들어 노래 한 곡이라도 해보게나. 아마 저녁에 누군가 은밀히 자네 침실을 방문할지도 모르지 않겠나?"

"쿨럭."

한수는 그 말에 헛기침을 토해냈다. 만수르가 웃음을 흘리며 앞서나갔다.

이 커다란 크루즈에는 수십 개의 객실이 있었다. 그러나 승객은 단 두 명뿐이었다.

그리고 이 모든 것이 단 두 사람을 위해 준비된 것이었다.

"그럼 옷만 갈아입고 오게. 본격적으로 휴가를 즐겨야 하지 않겠나?"

술과 맛있는 음식, 그리고 여자.

만수르와 함께하는 본격적인 여름 휴가는 이제 시작된 것이나 다름 없었다.

크루즈는 아부다비 인근에 있는 마리나 몰 선착장을 떠나 인도양으로 나아가기 시작했다.

이 크루즈는 오만 앞바다 쪽을 둘러보다가 다시 회항할 예정이었다.

만수르가 크루즈에서 보내는 시간은 단 이틀.

그녀들은 이틀 정도 되는 여정을 함께하기 위해 이곳에 몰려온 것이었다.

한수는 수영복으로 갈아입은 뒤 실내 수영장으로 나왔다.

만수르 왕자는 이미 수영장에서 미녀들과 어울려 놀고 있었다.

대화를 나누고 미리 준비된 맛있는 과일을 먹고 음료를 마시고.

그때 한수가 오자 모델들이 눈을 빛냈다.

일 년 동안 꾸준히 축구선수로 지내며 체력을 키운 한수는 웬만한 몸짱 저리 가라 할 정도로 온몸이 근육질이었다. 게다가 애초에 어깨는 딱 벌어져 있고 키도 큰 데다가 슬림하다 보니 전체적으로 몸의 밸런스가 알맞게 맞춰져 있었다.

모델들이 가볍게 탄성을 보낼 만한 이유가 있었다.

한수가 어색한 얼굴로 수영장에 발을 담갔을 때였다.

모델 한 명이 한수를 바라보며 입을 열었다.

새까만 피부가 흑진주처럼 아름답게 빛나는 모델이었다.

"한스 맞죠? 왕자님께서 특별한 손님을 모셔온다고 해서 기대했는데……. 기대 이상이네요."

"한스 맞습니다. 저도 이렇게 아름다운 모델분들과 함께 이틀을 보낼 수 있게 되어서 영광입니다."

"호호, 저희가 더 영광이죠. 어서 들어오세요. 뭐 마시고 싶으신 거 있으신가요?"

한수는 적당한 과일 음료 한 잔을 골랐다.

그야말로 이곳은 지상에 따로 만들어진 천국이었다.

늘씬하고 군살 없이 아름다운 몸매를 자랑하는 모델들이 눈만 돌리면 있을 뿐더러 그녀들은 수영 중인 한수에게 밀착해서 스스럼없이 스킨십을 해오기도 했다.

그럴 때마다 한수는 새빨개진 얼굴을 억지로 숨겨야 했다.

그렇게 마음껏 수영을 즐기면서 그녀들과 이런저런 대화를 주고 받을 때였다.

금발에 사파이어빛 눈동자가 매력적인 모델이 한수를 보며 물었다.

"한스는 기타도 잘 다루고 노래도 잘 부른다던데 사실인가요?"

"……에, 뭐, 어려운 건 아니죠."

"그러면 노래 한 곡만 불러줄 수 있나요? 잔잔한 어쿠스틱 곡이었으면 좋겠어요."

"기타가……."

그때 만수르가 승무원 한 명을 불렀다.

그가 곧장 통기타 하나를 가져왔다.

한수가 멋쩍게 웃었다.

오랜만에 잔잔한 음악을 한 곡 연주해야 할 듯했다.

한수가 고른 노래는 엄청 유명한 곡이었다.

통통 튀는 기타 소리에 모델들이 귀를 쫑긋 세웠다.

그것은 만수르 왕자도 마찬가지였다.

그는 한수가 부르는 노래를 듣고 감탄한 적이 있었다.

그리고 그때 그의 재능은 어디 한 곳에 묶어둘 수 없다는 걸 깨달았다.

지금도 마찬가지였다.

한수가 선곡한 건 제이슨 므라즈(Jason Mraz)의 「I'm Yours」였다.

감미로운 목소리와 함께 잔잔한 어쿠스틱 송이 이곳 크루즈를 부드럽게 헤집기 시작했다.


*Well you done done me and you bet I felt it.*

**당신 나에게 뭔가를 했어요 그리고 당신도 알겠지만 난 그걸 느꼈죠.**


이곳 수영장에 모여 있던 모델들 모두 감탄을 토해냈다.

단 첫 소절이었지만 그런데도 한수의 목소리는 사람의 감정을 자극하는 무언가가 있었다.

그녀들은 한수가 부르는 노래에 푹 빠져들었다.

개중 몇몇은 손을 턱 아래 괸 채 한수만을 바라보고 있었다.

만수르 왕자가 그런 한수를 보며 입가에 미소를 그렸다.

아무래도 여자관계에는 쑥 맥인 것 같아 적응을 잘할 수 있을지 우려스러웠는데 이렇게 보니까 그는 타고난 바람둥이였다.

저렇게 사람의 마음을 잡아끄는 목소리로 노래를 부르는데 누구라도 그한테 푹 빠질 수밖에 없을 터였다.

진정 그의 목소리는 사기였다.

그렇게 제이슨 므라즈의 「I'm Yours」가 끝나고 늘씬한 모델들이 박수갈채를 보냈다.

"휘우~"

휘파람 소리도 곳곳에서 들려왔다. 한수는 계속해서 노래를 이어갔다.

두 번째로 한수가 선곡한 것도 유명한 곡이었다.

Maroon5의 「Sweetest Goodbye」였다.


*Where you are seems to be-*
**당신이 있는 곳은 영원만큼이나-**


이번에도 환호성이 이어졌다.

한수는 분위기에 취해 마음껏 노래를 열창했다.

그가 두드리는 기타 소리가 분위기를 한껏 고조시켰다.

그렇게 두 곡이 끝났을 무렵 모델들이 한수에게 몰려들었다.

그들은 한수에게 어떻게 그렇게 노래를 잘 부를 수 있는지 계속해서 물어보고 있었다.

졸지에 홀로 남겨진 만수르 왕자가 어색하게 웃음을 흘렸다.

이들의 최대 후원자는 자신이고 자신에게 후원을 받기 위해 모인 모델들이 다수이건만 그녀들의 관심은 온통 한수에게 쏟아져 있었다.

한수는 헤어 나올 수 없는 이 상황에 그저 멋쩍게 웃을 수밖에 없었다.

남자라면 누구나 한 번쯤은 상상해 볼 만한, 그런 꿈에서나 나오는 상황이었으니까.

'설마 여기서 눈 감으면 이 모든 게 신기루처럼 사라지는 건 아니겠지?'

한수가 고개를 세차게 저었다.

절대 그럴 수는 없었다.

그는 모델들과 이야기를 나누며 그 이후로도 몇 곡을 더 불렀다.

그럴 때마다 모델들은 한수에게 푹 빠져 그의 노래를 감상하곤 했다.

졸지에 크루즈 위에서 한수의 미니 콘서트가 열려 버린 셈이었다.

한수가 그렇게 다섯 곡을 부르고 난 뒤에야 그는 간신히 빠져나올 수 있었다.

만수르가 그런 한수를 보며 멋쩍은 얼굴로 말했다.

"이거 나는 휴가를 보내려고 온 건데 졸지에 자네한테 일을 시키고 말았군."

"괜찮습니다."

그때였다. 모델 한 명이 한수에게 다가왔다.

그리고 그대로 한수의 볼에 뽀뽀를 한 뒤 객실로 돌아갔다.

"어?"

한수가 당혹스러워할 때 만수르가 웃음을 터뜨렸다.

"하하, 애쉴리가 자네를 마음에 들어하나 보군."

"예?"

"다른 애들한테 선포한 걸세. 자네를 마음에 두고 있다고 말이야."

"……그런 겁니까?"

그때였다.

옆에 둔 스마트폰이 세차게 울렸다.

한수가 전화를 받았다.

윤환이었다.

"어, 형? 어쩐 일이에요?"

-인마! 네가 휴가가 휴가 같지 않다며? 그래서 내가 친히 전

화했지.

그런데 휴대폰 너머 들리는 목소리가 시끌벅적했다.

한수가 눈살을 찌푸리며 물었다.

"왜 그렇게 시끄러워요?"

-아, 여기 술집이야. 승준이하고 같이 있어. 승준이도 바꿔줄까?

"뭐, 굳이 바꿔줄 필요는 없는데…… 농담이에요. 하하."

-형! 너무하는 거 아니에요!

승준의 커다란 목소리에 순간 귀청이 떨어지는 줄 안 한수가 눈매를 좁혔다.

그때 또 다른 모델 한 명이 한수에게 뽀뽀를 하고는 객실로 들어갔다.

한수가 볼을 빨갛게 물들였다.

갑자기 말이 없자 승준이 소리쳤다.

-형! 무슨 일이에요?

"아, 미안. 별일 아니야."

-그건 그렇고 지금 어디예요?

"여기? 크루즈 위야."

-크루즈? 요트 타는 거 아니었어요?

"에, 그게 왕자님의 배포가 남달라서."

한수가 통화하는 사이 만수르는 몇몇 모델과 대화를 나누고 있었다.

그때 승준이 한수를 보며 물었다.

-형, 영상통화 가능해요? 크루즈가 어떤지 궁금한데…….

"그래? 잠깐만."

한수는 영상통화로 모드를 변경했다.

엄청나게 넓은 크루즈 실내가 한수 뒤를 통해 드러났다.

그리고 실내 수영장뿐만 아니라 여전히 남아 있는 몇몇 모델들이 카메라를 통해 잡혔다.

승준이 눈을 휘둥그레 떴다.

-바, 바, 방금 누, 누구예요?

"아. 빅토리아 패션쇼 모델들이야."

-그, 그러니까 왜, 왜 거기 있는 건데요?

"왕자님이 우리 둘이 놀기엔 적적하다고 데려왔어. 한 스무 명 정도 돼."

-대박! 미친. 와. 이거 실화 아니죠? 꿈이죠?

"나도 꿈인 줄 의심했는데 진짜더라고."

-……환이 형! 이 형 지금 미쳤어요! 빅토리아 모델들하고 지금 같이 있다고요!

맞은편에서 술을 마시던 윤환이 그 말에 술을 뿜었다.

-뭐라고?

윤환이 휴대폰을 받아들었다.

그때였다.

그 순간 비키니를 입고 있는 모델 한 명이 한수에게 다가와서 볼에 입을 맞췄다.

-으아아악! 너 뭐야!

하필이면 윤환이 그것을 목격했다.

그가 눈에서 불을 내뿜었다. 실제로 불이 나온 건 아니지만 그 정도로 윤환의 반응은 격렬했다.

한수가 어색하게 웃었다.

"하하, 미안해요. 형. 저 이제 슬슬 자러 가야 돼서. 형도 슬슬 귀가해요. 지금 한국이면…… 새벽 아니에요?"

-새벽에 외로워서 술 마시고 있는데……. 너는! 너는 뭐야!

"저야 즐겁게 휴가를 보내고 있는 중이죠."

한수는 그대로 통화를 종료했다.

만수르가 그제야 한수에게 다가와서 물었다.

"이제 슬슬 잘 생각인가?"

"예. 생각보다 꽤 피곤하네요."

"사막투어를 갔다 온 것 때문일 걸세. 그리고 콘서트도 하지 않았나. 푹 쉬게."

"예. 왕자님. 정말 호의에 감사드립니다."

그리고 한수는 자신에게 주어진 객실로 돌아왔다.

하지만 좀처럼 잠이 오지 않는 탓에 뒤척이고 있을 때였다.

문을 두드리는 소리가 있었다.

한수가 의아한 얼굴로 객실 문을 열었다.

그리고 밖에는 아까 전 뽀뽀를 하고 갔던 애쉴리가 몸매가 두드러지는 슬립 잠옷을 입은 채 한수를 지그시 바라보고 있었다.

한수가 어색하게 인사를 건넸다.

"애쉴리? 어쩐 일이에요?"

"어? 제 이름을 알고 있네요?"

"아까 전 왕자님이 알려주셨거든요. 이 중에서 특히 예쁜 분이라고 하시더군요."

그녀 눈썹이 초승달처럼 휘어졌다. 그녀가 사근사근한 목소리로 한수를 보며 말했다.

"한스 씨는 여자친구 있어요?"

"예? 아직이요."

그녀가 깜짝 놀란 얼굴로 한수를 쳐다봤다.

"믿어지지 않네요. 그렇게 스캔들이 많이 났는데 여자친구가 없다니……."

"어쩌다 보니 그렇게 됐네요. 하하."

"그렇군요. 흐음, 한스 씨는 이번 휴가가 끝나면 다시 귀국하나요?"

"예, 맞아요. 바로 귀국할 예정이에요. 촬영이 잡혀 있거든요."

"음, 역시 그럴 거 같았어요. 이따가 놀러 와도 되죠?"

"예?"

"가볍게 술 한잔 더 하고 싶어서요."

그녀가 상큼하게 웃었다.

한수가 흔쾌히 고개를 끄덕였다. 오는 미녀 마다치 않는 게 한수 마인드였다.

"물론이죠. 언제든지 놀러 와요."

"알았어요. 그럼 이따 봐요."

그녀가 떠났다. 그리고 그녀가 뿌린 향수의 향기만이 방 앞에 남았다.

뭔가 허전한 기분에 한수가 고개를 절레절레 저었다.

그때 방 안에 있는 전화가 울렸다.

전화를 받아보니 만수르 왕자였다.

-한스, 지금 바쁜가?

"예? 전혀 아닙니다."

-그런가? 흐음, 내 예상과는 전혀 다르군. 난 못해도 대여섯 명은 자네를 찾아갔을 줄 알았는데 말이야.

"그게 무슨 말씀이시죠?"

-별거 아니네. 아직 안 잘 생각이면 잠시 내 방으로 오게. 술이나 한잔하지.

"알겠습니다."

한수는 대충 옷을 차려입고 만수르의 방으로 올라갔다.

만수르는 호화스럽게 차려진 식탁 앞에 앉아 있었다.

그리고 한 병에 수천만 원을 호가하는 고급 와인이 여러 병 세팅되어 있었다.

"어떤 와인을 좋아하나? 원하는 걸로 마음껏 고르게."

"이걸로 고르겠습니다."

한수가 고른 건 조르쥬 루미에 뮈지니 그랑크뤼였다.

연간 생산량이 500병에 불과해 구하기 쉽지 않은 명품 와인으로, 부르고뉴 와인의 끝판왕으로 불리는 와인이기도 했다.

"좋은 와인이군."

"제가 직접 디캔딩을 하도록 하죠."

"디캔딩도 할 줄 아는가?"

"물론이죠."

「퀴진 TV」를 마스터한 한수다.

당연히 와인 디캔딩도 어려운 일은 아니었다.

명주실 타래처럼 가느다랗게 만들어내는 것도 가능하다.

한수는 와인을 딴 뒤 디캔터에 와인을 천천히 붓기 시작했다.

예술적인 그 장관에 만수르가 웃음을 흘렸다.

"하하, 역시 자네는 예측불허군. 뭐든지 기대 이상으로 해내곤 하니 자네의 그 능력은 어디가 한계인지 모르겠어. 혹시 NSA나 CIA 같은 곳에서 자네를 잡으러 오지 않았나?"

"그런 일은…… 다행히 없습니다."

"자네는 참 흥미로운 인재거든. 그러니 조심하게. 나처럼 자네에게 호의를 품고 있는 사람이 있는가 하면 자네한테 악의만 가득 찬 사람도 있을지 모르네."

"예. 감사합니다, 왕자님."

"한스가 디캔딩해 준 와인이어서 그런지 모르겠지만 대단히 맛이 있군. 예전에 먹었을 때보다 훨씬 더 맛의 깊이가 살아난 느낌이야."

"별말씀을요."

만수르 왕자가 어둠이 짙게 깔린 인도양을 바라보며 입을 열었다.

"내일은 조금 더 멀리 나가서 낚시를 해볼 생각이네. 낚시도 잘한다던데 자네가 낚은 물고기로 요리해 먹어도 괜찮을 거 같군."

"회도 좋아하십니까?"

"스시? 물론이네. 일본 요리는 꽤 고급 요리로 평가받고 있지. 아마 싫어하는 사람은 찾아보기 힘들 거야."

한수가 고개를 끄덕였다.

그 말에 뭐랄까 아쉬움이 생겼다.

일본 요리가 세계에 널리 알려진 것과 달리 한국 요리는 여전히 경쟁력이 약하다.

그래서 한식의 세계화라는 거창한 포부를 앞세워 수십억 원의 혈세를 쏟아부었지만 기껏해서 만들어낸 결과물은 블루베리전이 전부였다.

요리라고는 부를 수도 없는, 어째서 이게 세계화된 한식인지 이해할 수 없는 최악의 요리.

쉐프는 아니지만 그래도 아쉬움이 묻어 나오는 건 어쩔 수 없는 일이었다.

"그럼 내일 요리는 제가 맡도록 하죠."

"좋군. 자네 덕분에 귀가 호강하고 내일은 입이 호강하겠군."

"저는 왕자님 덕분에 눈이 호강했습니다. 하하."

"그래서 마음에 드는 여자는 있던가?"

"예?"

"나야 이미 결혼을 했고 일부다처제이긴 해도 딱히 왕자비를 더 늘릴 생각은 없다네. 지금 함께 사는 부인들과 두루두루 행복할뿐더러 자식들도 많이 봤기 때문이지."

"예, 왕자님."

"반면에 한스 자네는 아직 미혼인 데다가 한창 연애하고 사랑할 나이 아니던가? 마음껏 즐기다가 가게. 이건 자네를 위한 내 호의니까."

"……말씀만으로도 고맙습니다."

"만약 그녀들이 자네와 하룻밤 보낸 것으로 약점을 잡으려 한다면 전혀 걱정하지 않아도 되네. 여기 있는 아이들 모두 내 후원을 받고 있네. 그런 일은 추호도 없을 걸세. 내가 이 일을 약점 삼는 일도 없을 테고. 자고로 남자라면 자네가 좋다고 올 여자를 마다하면 안 되는 일 아니겠는가?"

"……감사합니다. 고려해 보겠습니다."

"젊음은 오래가지 않는다네. 마음껏 먹고 기도하고 사랑하게. 그게 바로 진짜 인생이 아니겠나? 하하, 설교가 길었군. 이래서 나이를 먹으면 쓸데없는 말이 많아진다니까? 누군가 자네 방문 앞에서 자네를 기다릴지도 모르는데 이만 가보게나. 내가 이곳 크루즈에 탄 사람 중 유일한 총각의 시간을 많이 빼앗았군."

"그럼 좋은 밤 되십시오."

"내일 봄세. 방해 안 할 테니 푹 잠을 자두게나."

한수는 얼굴을 빨갛게 물들인 채 방으로 돌아왔다.

그리고 그는 곰곰이 생각에 잠겼다.

한수는 꽉 막힌 사고관을 갖고 있진 않았다.

만약 여자친구나 결혼할 사이라면 평생 책임지겠지만 그렇지 않고서는 한수는 성적인 관계에 한해서는 오픈 마인드였다.

그런 그가 여태껏 대마법사의 길을 걸어왔던 건 군대에 가기 전에는 극성스러운 어머니의 압박에 못 이겨 공부하느라 바빴고 대학교에 입학해서는 고시원 생활을 하느라 바빴다.

그리고 채널 마스터의 능력을 얻고 난 뒤로는 연예인 활동을 하느라 정신이 없었다.

맨체스터 시티 선수로 뛰면서 종종 시간이 나긴 했지만 그럴 때마다 한수는 더욱더 발전하기 위해서 계속 연습을 거듭했다.

나중에는 그런 한수를 보고 자극받아서 연습에 동참하는 선수들도 늘어났을 정도였다.

그것 때문에 몇 차례 영국의 타블로이드에 몇몇 할리우드 톱스타나 톱모델들과 열애설이 불거지고 스캔들이 터지기도 했지만, 팀 동료들은 그런 헛소문을 절대 믿지 않았다.

훈련하기도 바빠 죽겠는데 그사이에 연애까지 한다는 건 불가능한 일이었다.

"흠."

어쨌든 만약에 만수르가 말한 상황에 닥친다면 어떻게 해야 할지 한수는 고심하기 시작했다.

가벼운 마음으로 하룻밤을 즐길지 아니면 정중하게 거절하는 게 맞는지.

그래도 이 크루즈에 탄 모델들과는 앞으로 이틀 정도 더 함께 시간을 보낼 예정이었다.

그렇다 보니 그게 영 마음에 걸렸다.

똑똑-

그때였다.

노크 소리가 들렸다.

두근두근-

심장이 거세게 뛰기 시작했다.

그는 떨리는 손길로 문을 열었다. 애쉴리가 환하게 웃는 얼굴로 서 있었다. 그녀 손에는 맥주 두 캔이 들려 있었다.

"아까 술 마시러 온다고 했죠? 맥주 어때요?"

"좋아요. 들어와요."

한수는 침착한 목소리로 대답했다.

그녀가 한수 방 안으로 들어왔다.

깔끔하기 이를 데 없는 한수 방을 보며 애쉴리가 물었다.

"뭐 하고 있었어요? 짐 정리 한 거 같지도 않고."

"아, 왕자님이 잠깐 와인 한잔하자고 해서 거기 갔다 왔어요."

"흐음, 그래요? 아 참, 안주로 먹을 만한 게 있을까요? 아니면 룸서비스를 시킬까요?"

한수가 고개를 저었다.

어느덧 새벽녘이다. 어제 반나절 내내 고생한 쉐프들에게 무리한 부탁을 하고 싶진 않았다.

한수가 그녀를 보며 물었다.

"파스타, 좋아해요?"

그녀가 눈웃음을 그리며 대답했다.

"물론이죠."

📺

초대형 크루즈인 만큼 방마다 조리 시설은 갖춰져 있었다.

문제는 재료였다.

한수는 잠깐 방에서 나와 주방으로 향했다. 그리고 불이 꺼져 있는 주방에서 필요한 식재료를 챙겨 방으로 돌아왔다.

그런 다음 한수는 본격적으로 요리를 하기 시작했다.

애쉴리는 침대에 비스듬히 누워 그 모습을 지그시 바라봤다.

아찔한 S라인에 흘러내린 슬립 잠옷 때문에 그녀의 몸매가 더욱더 도드라지고 있었다.

한수는 붉어진 얼굴을 애써 감춘 채 빠른 속도로 재료를 다지면서 파스타 면을 삶았다.

분주한 손놀림 덕에 금세 파스타 2인분이 완성됐다.

한수는 포크를 이용해서 파스타 면을 돌돌 만 다음 접시에 아름답게 플레이팅했다.

그런 뒤 개중 한 접시를 애쉴리에게 건넸다.

침대에 비스듬하게 앉아 있던 애쉴리가 몸을 일으켰다. 그리고 한수가 건넨 파스타 접시를 보고는 눈을 반짝반짝 빛냈다.

톱모델은 아니지만 보는 눈은 있었다. 그리고 그녀가 보기에 한수가 만든 요리는 진짜였다.

벌써부터 풍겨 나오는 향기가 코끝을 가득 찌르고 있었다.

그녀는 포크로 파스타를 돌돌 말았다.

그러고 나서 그대로 포크에 말려 있는 파스타를 입에 넣고 천천히 씹기 시작했다.

"……."

그녀는 파스타를 먹자마자 눈을 휘둥그레 떴다.

겉모습 그대로 화려한 맛이 가득 느껴졌다.

온몸을 뜨겁게 달아오르게 만들 정도로 맛있는 요리였다.

애쉴리는 한수를 보며 물었다.

"당신은 마술사인가요?"

"마술사요?"

"네, 어쩜 이렇게 맛있는 요리를 만들어낼 수 있죠? 혹시 쉐프인 건가요?"

"쉐프는 아니에요. 다만 맛있는 요리는 충분히 만들 줄 알죠."

"조금 더 먹어도 돼요?"

"물론이죠."

한수는 자신의 파스타를 덜어 그녀에게 건넸다.

그녀가 얼굴을 붉혔다.

모델인 만큼 체중 관리는 필수고 그렇다 보니 칼로리 높은 음식은 절대 금지였다.

그래서 파스타도 많이 먹을 수 없는 게 현실이었다.

하지만 한수가 만든 파스타는 계속 먹고 싶어지게 하는 중독성이 있었다.

딱히 특별할 거 없는 재료로 어떻게 이런 맛있는 요리를 만들어내는 건지 새삼 궁금해질 정도였다.

"어떻게 이렇게 맛있는 요리를 만들 수 있는 거죠? 만약 당신이 저를 위해 요리를 해준다면…… 저는 모델 일은 두 번 다시 못 할 거예요."

"네?"

"너무 많이 먹게 돼서 살이 계속 찔 테니까요."

그녀 칭찬에 한수가 미소를 지었다.

그리고 두 사람은 말없이 파스타를 먹으며 맥주를 마시기 시작했다.

그렇게 한참 동안 파스타를 먹었을 때였다.

애쉴리가 한수를 보며 말했다.

"제가 올 줄 알았나요?"

"언제요?"

"아, 처음에요."

"음, 생각지도 못했어요."

"뽀뽀까지 하고 갔는데요?"

"그래도 제 방 앞까지 올 줄은 생각지도 못했어요."

"순진한 척하는 건지 아니면 진짜 몰라서 그러는 건지 모르겠네요."

그녀가 눈을 흘겼다.

그것도 잠시 그녀가 입가에 미소를 지으며 입을 열었다.

"이렇게 맛있는 파스타도 얻어먹었는데 저도 보답을 하고 싶네요."

한수가 고개를 갸웃거리자 그녀가 천천히 슬립 잠옷을 한 꺼풀씩 벗기 시작했다.

그러면서 그녀가 농염한 목소리로 물었다.

"어때요? 생각 있나요?"


눈 부신 햇빛이 눈을 따갑게 내리쬐고 있었다.

한수는 햇살을 손목으로 가리며 애써 몸을 일으켰다.

새하얀 이불이 흘러내리며 그의 나체가 드러났다.

복부를 단단히 채우고 있는 복근이 제일 먼저 눈에 들어왔다.

그는 몸을 일으키다가 고개를 돌렸다.

쌔근거리며 잠들어 있는 애쉴리 얼굴이 보였다.

화장이 지워져 있는데도 불구하고 그녀는 앳된 얼굴 그대로였다.

'올해 스무 살이라고 했던가?'

한국 나이로는 스물한 살.

한수는 어젯밤 일을 떠올렸다.

애쉴리가 그렇게 말하는데 거기서 거절한다는 건 그녀의 자존심을 짓밟는 일이었다.

그렇다고 한수가 혼전순결주의자인 것도 아니었다.

자기 좋다는 사람 멀리하고 싶은 생각은 추호도 없었다.

그렇게 한수는 그녀를 끌어안고 침대로 향했고 첫날밤이 이루어졌다.

이론만 가득했다면 성공적인 첫날밤은 불가능했겠지만 한수에게는 채널 마스터의 능력이 있었다.

그리고 상위 카테고리 때문에 얻어됐던 유료 채널이 존재했다.

그 채널 안에 존재하는 방대한 지식들과 경험이 있었다.

그것은 마치 VR처럼 한수 머릿속에 들어 있었고 한수는 어렵지 않게 첫날밤을 무사히 마칠 수 있었다.

하지만 아쉬움이 남았다.

뭐랄까.

90분 내내 키플레이어로 활약했지만 이렇다 할 공격 포인트는 올리지 못한 느낌이었다.

'흐음.'

한수는 손목시계로 시간을 확인했다.

오전 열 시.

새벽 일찍 물고기를 잡기 위해 낚시를 하러 가기로 했는데 그 약속은 지키지 못해버렸다.

그러는 사이 애쉴리도 인기척을 느낀 듯 잠에서 깼다.

부스스한 머리카락이지만 그래도 충분히 아름다웠다.

게다가 이불이 내려가며 새하얀 그녀 나신이 드러나고 있었다.

한수가 다정한 목소리로 물었다.

"일어났어요?"

"네, 지금 몇……."

눈을 비비며 말하던 그녀가 뒤늦게 자신이 옷을 입지 않고 있다는 걸 알아채고는 황급히 이불을 끌어 올렸다.

새빨개진 얼굴로 이불을 끌어 올린 그녀 얼굴은 무척 귀엽기만 했다.

어제는 되게 성숙해 보였는데 오늘 그녀는 무척 앳되어 보였다.

"오전 열 시예요. 배고프죠? 뭐 만들어줄까요?"

"괜찮겠어요?"

"그럼요."

혼자 있을 때는 죽어도 요리를 안 하는 한수다.

하지만 누군가를 위해서는 충분히 요리를 해줄 수 있었다.

혹시 하는 생각에 어제 미리 챙겨둔 식재료들이 냉장고 안에 들어 있었다.

부담 없이 먹을 생각으로 한수가 준비한 건 영국식 아침 식사였다.

베이컨과 계란프라이, 샐러드 등이 한 상 가득 차려졌다.

고소한 냄새가 금세 방 안을 가득 메웠다.

그러는 동안 애쉴리는 욕실에 들어가서 씻고 나온 뒤였다.

그녀는 슬립 잠옷을 다시 입은 뒤 새빨개진 얼굴로 식탁에 앉았다.

"저 원래 많이 안 먹어요."

"알고 있어요. 모델이시니 많이 못 먹는 건 당연한 거죠."

"잘 먹을게요."

그녀는 새빨개진 얼굴로 한수가 정성스럽게 차린 아침 식사를 먹기 시작했다.

그렇게 아침 식사를 끝낸 뒤 애쉴리가 한수를 보며 말했다.

"그럼 저는 먼저 가볼게요. 오늘 아침 고마웠어요. 어제저녁도요."

"이따가 봐요."

한수가 멋쩍은 얼굴로 그녀를 배웅했다.

그렇게 그녀를 떠나보낸 뒤 한수는 그제야 자신의 잘못을 깨달았다.

"연락처라도 물어봤어야 하는 건데. 젠장."

한수는 고개를 절레절레 저었다.

아무리 봐도 이건 자신의 잘못이었다.

생각해 보면 그녀 이름과 나이, 두 개 빼면 아무것도 알지 못했다.

하룻밤을 같이 보낸 사이인데 휴대폰 번호 정도는 물어봤어야 하는 것이었다.

한수는 한숨을 내쉬었다.

그래도 지금 당장 이곳을 떠나는 건 아니었다.

나중에 한번 물어봐야겠다고 생각하며 한수는 스마트폰을 찾기 시작했다.

어젯밤 그녀와 오붓한 하룻밤을 보내는 동안 주변 상황은 새까맣게 잊어먹을 수밖에 없었다.

그렇게 침대 주변을 뒤적거리던 한수는 침대 안쪽에 박혀 있는 스마트폰을 찾아냈다. 그리고 그는 스마트폰을 확인하고 눈을 휘둥그레 떴다.

"……뭐야 이건?"

부재중 전화와 메시지, 그리고 카톡이 엄청 많이 쌓여 있었다.

매일 적지 않은 연락이 오곤 하지만 이렇게 많이 쌓인 건 오랜만이었다.

그나마 최근이라고 해봤자 맨체스터 시티 은퇴 직후 또는 챔피언스리그 결승전에서 우승하며 트레블을 거머쥐었을 때인데 이렇게 또 많은 연락이 오게 된 이유가 납득이 가질 않았다.

그는 일단 카톡부터 확인했다.

서현이 보낸 카톡이 눈에 들어왔다.


-한수야! 이 기사 진짜야? 너 만수르? 그 왕자하고 놀러 간 거였다며!


"응? 뭔 소리야?"

한수는 그녀가 보낸 기사 링크를 클릭했다.

국내 연예 관련 기사였다.

그리고 그 내용은 뜻밖이었다.


[강한수, 아랍에미리트 아부다비 왕국에서 비키니 미녀들과 함께 뜨거운 여름 휴가를 즐기다!]

"……어떻게 안 거지?"

한수 얼굴에 낭패가 어렸다.

기사 내용은 누가 봐도 오해할 수밖에 없게 만들어놓고 있었다.

만수르 왕자의 초대를 받아 온 것이고 거기에 비키니 미녀들이 실존하긴 하지만 그녀들과 휴가를 즐기러 온 게 아니었다.

어디까지나 그것은 별개의 일이었다.

한수가 여기 온 건 만수르를 만나기 위함이었으니까. 그래도 마음 한구석이 찔리는 건 어쩔 수 없었다.

한수는 다른 카톡도 확인했다.

지연에게서 온 카톡 내용도 비슷했다.

그녀 역시 한수에게 기사 내용이 사실이냐고 캐묻고 있었다.

반면에 윤환과 승준의 반응은 깨가 쏟아질 만큼 고소하다는 것이었다.

자신들을 내버리고 혼자 가서 비키니 미녀들과 놀다가 딱 걸린 것을 쌤통이라고 표현하고 있었다.

한수가 눈매를 좁혔다.

둘 중 한 명이 기사를 터뜨린 게 분명했다.

한수는 곧장 윤환에게 전화를 걸었다.

"형이에요?"

-뭐야? 너 이제 기사 확인…… 아, 거긴 이제 낮인가? 근데 뭔 소리야?

"형이 소스 제공했어요?"

-그럴 리가. 오해하지 마. 난 절대 아니야.

"……그럼 승준이인가?"

-승준이도 그럴 애는 아니지.

"그러면 기자가 어떻게 안 거냐고요!"

-그, 글쎄……. 뭐 가장 유력한 썰은 하필이면 아랍 아부다비 왕국에 놀러 간 기자가 우연히 너를 발견했다 정도이겠지만.

한수는 전화를 끊고 기사에 올라온 사진을 확인했다.

사진은 조금 흐릿했다.

이런 쪽에 전문적인 인물이 찍은 건 아니라는 의미였다.

그렇다는 건 누군가 몰래 사진을 찍어서 유출했다는 것일 테고 윤환 말대로 아랍에미리트 아부다비 왕국에 놀러 온 누군가가 사진을 찍은 게 틀림없었다.

한수는 눈매를 좁혔다.

고민하던 그는 일단 서현과 지연에게 각각 카톡을 보낼까 하다가 전화를 걸었다.

-어떻게 된 거야?

서현이 다짜고짜 놀란 목소리로 물었다.

"별일 아니야. 그냥 만수르 왕자님이 개인적으로 후원하는 모델들이야. 그래서 겸사겸사 놀러 왔다고 하더라고."

-흐음, 그래? 진짜?

"응."

한수의 단호한 대답에 결국 서현이 전화를 끊었다.

지연도 비슷했다.

그렇게 한숨을 돌린 뒤 한수가 머리를 긁적였다.

어째서인지 모르겠지만 두 사람은 상대하기 조금 까다로웠다. 두 사람에게 호감을 가지고 있어서 그런 것일지도 몰랐다.

그 뒤 한수는 옷차림을 가지런히 한 채 만수르를 찾아 나섰다.

그는 크루즈 위에서 일광욕을 즐기고 있었다.

어제저녁 봤던 그 비키니 미녀들은 여전히 수영장에서 수영을 즐기거나 혹은 일광욕을 즐기며 푹 쉬고 있었다.

한수가 나타나자 그들이 잠시 조용해졌다.

그것이 마치 어젯밤 일을 이야기하는 것 같아서 조금 마음에 걸렸지만 한수는 대수롭지 않은 얼굴로 만수르에게 다가갔다.

만수르가 한수를 반겼다.

"어젯밤에는 푹 잤나?"

"그럼요. 왕자님께서 걱정해 주신 덕분에 잘 잘 수 있었습니다."

"애쉴리 말이야. 좋은 아이일세. 착하고 성실하고 목표도 확고하게 갖추고 있지. 종종 만나게 되면 그때마다 친절하게 잘 대해주게나."

"그러겠습니다."

"부담 가질 필요는 없네. 연애라는 게 만났다가 헤어질 수도 있고 하룻밤 가볍게 서로 만나서 즐길 수도 있는 거니까. 물론 결혼은 그것하고 조금 별개의 이야기이긴 하지만 말이야."

만수르의 조언을 한수는 귀담아들었다.

그러는 사이 점심식사가 준비됐다.

한수가 만수르를 보며 물었다.

"낚시는 잘 다녀오셨습니까?"

"내 호적수가 일어나질 못했으니 갔다 올 수 있겠는가? 낚시는 조금 이따가 즐기도록 하세. 작은 배를 타고 다녀오면 될 거야."

"그러시죠."

"느긋하게 쉬게. 시간은 금이지만 때로는 푹 쉬어줄 때도 필요한 걸세."

점심을 먹는 동안 한수는 다른 미녀들과도 종종 대화를 나누곤 했다.

개중에는 한수가 애쉴리와 함께 하룻밤을 보낸 걸 알면서도 추파를 던지는 경우도 있었다.

그러는 사이 애쉴리도 뒤늦게 선실에서 나왔다.

어제보다 그녀는 살짝 연하게 화장을 한 상태였다.

친하게 지내는 모델들과 대화를 나누며 식당에 들어온 그녀는 한수에게 눈인사를 보냈다.

한수도 미소로 대답했다.

그렇게 점심식사를 끝낸 뒤 한수는 만수르와 함께 크루즈보다는 작은 요트를 타고 조금 더 먼 바다로 나왔다.

본격적으로 낚시를 즐기기 위해서였다.

낚시대를 드리운 뒤 만수르가 한수를 보며 물었다.

"자네 꿈은 무엇인가? 축구 선수로서 이룰 건 다 이뤘고 가수로서도 자네는 월드 스타네. 지금 자네만큼 화제의 중심에 서 있는 인물도 없지. 여전히 러브콜이 곳곳에서 들어오고 있다고 들었네. 사실인가?"

"예, 맞습니다. 그러나 일부러 다 거절하고 있습니다. 당분간은 쉬고 싶었거든요. 그래서 왕자님이 초대해 주신 게 더욱더 반가웠고요."

"하하, 내 얼굴에 금칠을 해주는군. 나야말로 자네하고 함께 여유를 즐길 수 있어서 다행이네. 뉴욕에서 처음 봤을 때부터 정말 자네는 탐이 나는 사람이었어."

한수는 노엘 갤러거의 초대를 받고 뉴욕에 간 적이 있었다. 그리고 그는 메트라이프 스타디움에서 공연을 했다.

9만 명이 넘는 관중이 메트라이프 스타디움을 가득 메웠고 그곳에서 한수는 오아시스의 노래와 노엘 갤러거와 함께 낸 신곡을 불렀다.

만수르도 그 자리에 있었다.

뉴욕시티FC의 구단주인 만수르는 펩 과르디올라가 한 영입 제안을 듣고 한수에게 호기심을 가졌다.

그런데 그가 맨체스터 시티의 앰배서더인 노엘 갤러거와 함께 뉴욕 메트라이프 스타디움에서 공연을 한다는 이야기를 듣고는 VVIP 티켓을 구해서 찾아오게 됐다.

그리고 한수가 열창하는 무대를 보며 그는 한수가 뮤지션이라고 생각했다.

하지만 그가 맨체스터 시티에서 뛰는 모습을 보며 그는 생각을 고쳐먹어야 했다.

그날 메트라이프 스타디움에서의 공연이 잊힐 만큼 한수의 활약상은 대단했기 때문이다.

그리고 꿈에 그리던 빅이어를 손에 넣을 수 있었다.

지금도 만수르에게 한수는 언제나 벅찬 감동을 주는 사람이었다.

그랬기 때문에 절대 놓칠 수 없는 사람이기도 했다.

그래서 그가 전용기를 보내서 한수를 데려오게 한 것이었고 자신이 후원하는 모델들을 불러모아서 이렇게 선상 파티를 연

것이기도 했다.

그리고 지금 만수르가 가장 궁금해하는 건 과연 다음 한수는 무엇을 하느냐 여부에 관한 것이었다.

그를 알게 되고 만수르는 여러 사람에게 그의 뒷조사를 맡겼다.

그렇게 뒷조사하여 뒤 한수가 그동안 해온 것들을 알게 됐을 때 만수르는 한수의 재능을 알게 되고는 경악할 수밖에 없었다.

그랬기에 그는 축구를 은퇴한 한수가 이다음에는 무엇을 할지 무척 기대하고 있었다.

# CHAPTER
## 6

　낚싯대를 드리운 채 따사로운 햇살을 받고 있다 보니 마치 무릉도원에 온 신선 같았다.

　그동안 여유 없이 달려온 게 사실이었다.

　수학능력시험에서 만점을 받고 대학교에 입학한 뒤 홍대에서 버스킹을 하다가 우연히 윤환을 만나게 되고 그 이후 탄탄대로를 달려왔다.

　예능, 낚시, 생존, 노래, 게임, 축구 등 별의별 재능을 자신의 것으로 만들었다.

　쉴 새 없이 달려왔다 보니 힘에 부칠 때도 있었다.

　슬슬 휴식이 필요했던 시기에 만수르가 여름 휴가에 초대했던 건 한수에게 있어서는 최고의 타이밍이었다.

그때 손맛이 왔다.

한수가 먼저 낚싯대를 건져 올리기 시작했다.

큼지막한 물고기 한 마리가 낚싯바늘을 물고 있었다.

"월척이군."

만수르가 가볍게 탄성을 토해냈다.

팔뚝만 한 크기의 물고기가 꿈틀거렸다.

그 이후로도 두 사람은 계속 낚시를 거듭했다.

그러면서 만수르는 한수에게 도움이 될 만한 조언들을 아끼지 않았다.

그는 진짜 후원자로 한수를 돕고 싶어 했다.

그리고 먼 사이보다는 가까운 사이, 이를테면 친구가 되고 싶어 했다.

한수에게도 만수르의 존재는 되게 든든한 것이었다.

그 후 그들은 도란도란 이야기를 나누며 큼지막한 물고기를 여럿 잡은 뒤 다시 크루즈로 돌아올 수 있었다.

크루즈에 도착한 뒤 한수가 손수 요리를 준비하기 시작했다.

크루즈 안에 있는 주방에는 온갖 식재료와 각종 칼이 구비되어 있었다. 요리를 하기엔 최고의 환경이었다.

한수가 제일 먼저 고른 건 아까 전 낚시로 잡아 온 참치였다.

그는 실외수영장 앞에서 참치를 해체하기 시작했다.

조금 전 한수가 직접 참치를 해체하겠다는 말에 쉐프가 그를 뜯어말렸다. 일반인이 참치를 해체하는 건 무척 어려운 일이기 때문이다. 고도의 전문성을 필요로 하는 일인 만큼 숙련자가 해야 할 필요가 있었다.

그러니 한수를 축구 선수로만 알고 있는 쉐프 입장에서는 그를 무조건 말릴 수밖에 없었다.

그때 만수르가 쉐프를 불렀다.

"앤더슨 쉐프, 그의 실력을 믿어보게."

"하지만……"

"걱정 말게. 그가 직접 나선 이유가 있지 않겠나."

"……알겠습니다."

만수르가 앤더슨 쉐프와 대화를 나누고 있을 때 모델 중 한 명이 걱정스러운 얼굴로 혼잣말을 중얼거렸다.

"정말 그가 저 큰 참치를 해체할 수 있을까?"

가만히 듣고 있던 모델들 가운데 애쉴리가 칼같이 대답했다.

"충분히 가능할걸?"

"응? 어떻게 장담해?"

"어젯밤 그가 파스타를 만들어줬거든."

"그랬어? 맛은 어땠는데?"

"끝내줬어. 그리고 깨닫게 됐지."

"응응? 뭘 깨달았는데?"

"그하고 연애는 해도 결혼은 못 하겠다는 걸 깨달았어."

한 명이 고개를 갸웃거리며 애쉴리를 바라봤다. 그녀 표정은 그게 무슨 말도 안 되는 소리냐고 반문하는 듯했다.

애쉴리가 머쓱한 표정으로 대답했다.

"너무 맛있어서 살이 찔 수밖에 없을 거 같거든. 그래서 결혼은 못 하겠다는 거야. 그가 해주는 요리만 먹다가는 금세 살이 찔 테니까."

"너무 배부른 소리 아니야?"

"그럼 네가 요리를 배우면 되지. 호호."

그때였다.

누군가 한 명이 애쉴리를 보며 넌지시 물었다.

"그보다 침대에서는 어땠어? 요리 실력만큼 끝내줬어?"

"······음."

애쉴리는 그 말에 대답을 회피했다.

그것을 보고 다른 모델들이 살짝 아쉬움을 드러냈다.

말만 안 했을 뿐 그녀가 무슨 생각을 하고 있는지 그녀들 모두 이미 느끼고 있었다.


한편 그 사실을 전혀 모르는 한수는 앤더슨 쉐프를 대신해서 본격적으로 참치 해체를 시작했다.

우선 그는 지느러미를 제거한 뒤 머리를 절단하기 시작했다. 참치 아가미는 무척 붉어서 싱싱하다는 걸 알 수 있게 했다.

그 이후 꼬리 부분까지 잘라낸 다음 본격적으로 몸통 해체에 들어갔다. 한수가 휘두르는 칼날이 춤을 추며 순식간에 대뱃살 부위가 드러났다.

그렇게 한수는 한쪽 단면을 모두 해체한 뒤 척추뼈를 제거했다.

그렇게 참치 해체가 마무리된 뒤 한수는 곧장 회를 떴다.

붉은빛이 감도는 뱃살회가 새하얀 접시 위에 깔리기 시작했다.

한수가 회를 뜨는 동안 앤더슨은 눈을 부릅뜨고 있었다.

믿어지지 않는 솜씨였다.

저 정도 솜씨는 일본에서도 몇 명 보지 못했을 정도로 완벽했다.

"한스는 축구 선수 아니었습니까?"

앤더슨이 만수르를 보며 물었다.

만수르가 미소를 지으며 입을 열었다.

"축구 선수이기도 하고 요리사이기도 하지. 그리고 어젯밤 봤던 것처럼 노래도 잘 부르고."

"그는 못하는 게 없는 겁니까?"

"글쎄. 그도 인간이라면 못하는 게 있지 않을까? 못하는 게 없으면 그건 인간이 아니라 컴퓨터나 신 같은 존재겠지."

그 후로도 한수는 계속해서 요리를 만들어냈다.

각양각색의 요리가 하나둘 식탁 위에 쌓이기 시작했다.

처음에만 해도 한수가 새로운 요리를 만들어낼 때마다 눈을 휘둥그레 뜨던 앤더슨은 그가 십수 번째 요리를 만들어낼 무렵에는 기진맥진해 있었다.

"말도 안 돼."

믿을 수 없는 일이었다.


한수가 신기에 가까운 요리 실력을 선보인 뒤 그들 모두 모여서 만찬을 즐기기 시작했다.

이제 한수와 만수르는 아부다비로 돌아온 다음 스페인으로 비행기를 타고 이동할 예정이었다.

그 후 그들은 이비자 섬에 들러서 하루 논 다음 모로코에 있는 만수르의 별장에서 이틀 정도 푹 쉴 예정이었다.

그런 다음 한수는 곧장 귀국해서 「힐링 푸드」 촬영을 준비해야 했다.

만찬을 즐긴 뒤 한수는 객실에서만 머물렀다.

만수르가 몇 차례 한수를 찾았지만 그때마다 한수는 줄곧 스마트폰만 확인하고 있었다.

그 이유는 어젯밤 일 때문이었다.

만찬 이후 애쉴리와는 연락처를 교환했다.

그런데 그녀와 다른 모델들의 눈치가 영 께름칙했다.

자신이 걱정스러워했던 걸 애쉴리도 느낀 듯했다.

자존심이 상했다.

막상 물어보면 아니라고 하겠지만 그건 더욱더 자존심이 상하는 일이었다.

그랬기 때문에 한수는 객실에 스스로 처박힌 채 스마트폰으로 예전에 획득했던 성인 유료 채널을 지속적으로 보고 있었다. 경험치를 늘려서 새로운 능력을 개방하기 위함이었다. 어떤 능력이 생길지는 알 수 없지만 그 정도로 한수는 조금은 절박한 심정이었다.

이것은 남자로서의 자존심이 담겨 있는 문제였다.

그렇게 꽤 오랜 시간 객실에서 스마트폰을 보던 한수는 경험치가 15% 이상 쌓이면서 동시에 새로운 능력을 확보할 수 있었다.

알림이 떴다.

한수는 다급하게 눈을 감았다.


[사용자의 절박한 심정이 특별한 효과를 만들어냅니다.]

[특별한 능력이 주어집니다.]

특별한 능력이 무엇인지 직접 확인한 그 순간 한수는 주먹을 불끈 쥐었다.

이 능력만 있다면 무엇이든 두려울 게 없을 것 같았다.

대형 크루즈에서의 밤도 오늘이 마지막이었다.

특별한 날.

그러나 한수는 자신감이 넘쳐흐르고 있었다.

결국 기다리다 못한 만수르가 한수를 직접 찾아왔다.

몇 차례 연락을 해봐도 연락이 닿질 않자 무슨 안 좋은 일이라도 있는 게 아닌가 하는 생각에서 찾아온 것이었다.

하지만 만수르는 한수의 표정에서 부쩍 생기가 돌고 있자 고개를 갸웃거렸다.

"무슨 좋은 일이라도 있는 건가?"

"예, 꽤 좋은 일이 생겼죠."

"흐음, 미래에 대한 구상인가? 다음에는 뭘 할지 고민해 봤나? 야구선수가 될 생각이면 내가 최근 인수하려고 하는 구단에 들어오면 어떻겠나?"

"예? 메이저리그 구단도 인수하시게요?"

"뉴욕 메츠를 고려 중에 있네. 양키스면 더할 나위 없이 좋겠지만 뉴욕 양키스는 이름값에 걸맞게 너무 비싸서 진즉에 포기했네. 어떤가? 뉴욕 메츠에서 선수 생활을 해볼 생각이 있나?"

"죄송합니다. 구기 종목은 당분간 할 생각이 없습니다."

"그럼 레슬링은 어떤가? 내 아우가 그래플링 격투기의 팬이어서 아부다비 컴뱃 레슬링을 주최하고 있다네. 그게 별로면 UFC 쪽을 알아봐 줄 수도 있네."

"사양하겠습니다, 왕자님. 제 미래는 제 손으로 결정지을 생각입니다."

"……미안하네. 하루라도 빨리 자네의 새로운 재능이 싹 트는 순간을 보고 싶었네. 내 마음을 이해해 줄 수 있겠나?"

"물론입니다. 아, 왕자님 혹시 저희 이비자 섬은 들리지 말고 모로코로 곧장 이동해도 될까요?"

"응? 이비자 섬은 일정에서 빼고 싶나?"

"예, 그 대신 모로코에서 마저 쉬고 싶습니다."

"……이번 휴가는 자네를 위해 준비해 둔 것인 만큼 자네 뜻을 따르도록 하겠네. 그러면 내일 오전에 보세. 오늘보다는 좀 더 빨리 일어나 주길 바라겠네."

만수르가 짓궂은 농담을 건네며 한수 객실 앞을 떠났다.

그가 떠나고 얼마 되지 않아 애쉴리에게 재차 연락이 왔다.

오늘 밤에도 파스타를 얻어먹을 수 있냐는 말에 한수는 스스럼없이 괜찮다고 대답했다.

애쉴리는 어제처럼 늦은 시각에 한수 객실에 놀러 왔다.

그녀는 옅은 화장만 하고 있었다.

한수는 새로운 파스타를 만들며 애쉴리에게 넌지시 물었다.

"아까 무슨 이야기 했었어요?"

"예? 무슨 이야기요?"

"그냥 어젯밤 우리 둘 사이의 일요."

"……딱히 별말 없었어요. 다들 어느 정도 아는 눈치였어요."

"그래요?"

"짓궂은 농담을 하는 친구도 있긴 했어요."

한수가 파스타를 돌돌 말아 접시에 담아낸 뒤 그대로 애쉴리에게 건넸다.

그런 뒤 한수가 애쉴리를 보며 물었다.

"어젯밤 제 스킬이 별로였나요?"

"……네?"

"부담 갖지 말고 말해요. 사실 저는 어제 첫 경험이었거든요."

애쉴리는 그 말에 눈을 큼지막하게 떴다.

그녀가 믿을 수 없다는 얼굴로 한수를 보며 소리쳤다.

"저는 아직 결혼할 나이도 안 됐고 또 당신을 책임질 수도 없어요!"

"⋯⋯보통 그런 건 남자가 말해야 하는 거 아닌가요?"

"왜요? 여자가 먼저 말할 수도 있죠."

"책임질 수 없다는 건 무슨 말이에요?"

"첫 경험이라는 것에 크게 의의를 두지 말라는 뜻이에요. 저는 그냥 당신이 좋아서 같이 잠자리를 했던 것뿐이니까요."

"오늘 찾아온 것도 그래서인가요?"

"네, 당신이 좋고 이렇게 당신이 만들어준 요리를 먹는 것도 좋아서 찾아왔어요. 당신이 보기에 저는 별로인가요?"

"그럴 리가요."

그때 애쉴리가 먼저 한수에게 달려들었다.

그녀가 한수에게 키스를 시작했다.

그때였다.

머릿속으로 그녀의 생각이 빨려 들어왔다.


[이제 또 언제 볼지 모르는데 오늘 하루 더 같이 있고 싶어요.]


그녀의 생각과 감정 같은 것들이 여과 없이 밀려들어 왔다.

한수는 그녀를 끌어안은 채 키스를 나눴다.

그렇게 격정적인 하루가 또 지나갔다.

다음 날.

한수는 만수르와 함께 크루즈를 떠났다.

요트에 옮겨타고 아부다비로 돌아오는 길에 만수르가 한수를 보며 말했다.

"어젯밤은 쉽게 잠들었나 보군."

"그럴 일이 있었습니다."

"좋은 일인가?"

"뭐, 좋다면 좋은 일이죠. 조금 놀랄 때도 있긴 합니다만……."

만수르가 흥미로운 얼굴로 한수를 쳐다봤다.

그것도 잠시 그가 입술을 떼었다.

"그러고 보니 애쉴리가 보이질 않던데……."

"한동안 일어나기 힘들 겁니다."

의미심장하게 한수가 웃어 보였다.

유료 성인 채널.

그것이 준 능력은 너무나도 특별한 것이었다.

저절로 침을 꿀꺽 삼키게 만들었던 바로 그 특별한 능력.

한수는 마지막에 떠올랐던 알림을 상기시켰다.


한수의 눈앞에 떠올랐던 알림은 다른 게 아니었다.

[잠자리에 한하여 상대 여성의 심리를 꿰뚫을 수 있게 됩니다.]

그것을 보자마자 한수가 떠올린 건 영화였다.

쾌 오래전 본 영화였다.

2001년에 개봉한 왓 위민 원트(What Women Want).

대략적인 줄거리로 광고 기획사의 기획자인 닉 마샬이 여자의 마음을 읽을 수 있게 되면서 벌어지는 에피소드를 다루고 있다.

멜 깁슨이 주연을 맡은 로맨스 코미디 영화로 한수는 종종 이 능력을 갖게 되면 어떨까 하는 생각을 했었다.

그러나 그 당시에만 해도 한수는 망상 그 이상도 이하도 아니라고 생각 중이었다.

그런데 우연히 그와 비슷한 능력이 자신에게 주어진 것이었다.

물론 영화 속 닉 마샬과 달리 잠자리에 한해서이긴 했지만 어쨌든 한수에게 주어진 능력은 대단히 특별한 것이었다.

'유료 채널에 걸맞은 능력이네. 저 페널티만 없앨 수 있다면…… 참 좋을 텐데.'

「잠자리에 한하여」라는 페널티가 너무 눈에 도드라지게 박혔다.

그렇게 얻은 능력을 기반으로 해서 한수는 애쉴리와 두 번째 잠자리를 가질 수 있었다.

그리고 한수는 이 능력이 얼마나 특별한지 새삼 깨달았다.

잠자리에 한해서이긴 했지만 상대방의 심리를 읽어낼 수 있다는 건 정말 특별한 힘이었다.

그 능력 덕분에 한수는 상대방이 원하는 요소요소를 공략할 수 있었다.

애쉴리는 아마 한수가 자신의 머릿속을 들어갔다가 나온 게 아닌가 하는 생각을 했을 터였다.

만수르는 그런 한수를 묘한 눈길로 쳐다봤다. 쑥맥인 줄 알았는데 그렇지는 않은 모양이었다.

알면 알수록 양파처럼 껍질을 까고 또 새로운 모습을 보이는 사람.

그게 바로 한수였다.

한수와 만수르가 모로코로 가기 위해 아부다비로 돌아갈 무렵, 크루즈 갑판 위에 사람들이 옹기종기 모이기 시작했다.

그들도 꿀맛 같은 휴가를 뒤로하고 다시 일상으로 복귀할 시간이었다.

주인이 떠난 크루즈에서 마지막 휴가를 만끽할 때였다.

실외수영장에서 한창 물놀이를 즐기던 모델들이 이내 한 사람이 보이지 않는다는 걸 눈치챘다.

"애쉴리 본 사람?"

"애쉴리 못 봤어?"

"오늘 낮에도 안 나왔지?"

그녀들은 서둘러 객실을 훑어보기 시작했다.

제일 먼저 그녀들이 향한 곳은 한수가 머무르던 객실이었다.

그녀들이 예상하는 게 맞다면 애쉴리는 분명 한수의 객실에 있을 터였다.

만약 그곳에 없다면?

그러면 순식간에 장르가 해양 로맨스에서 스릴러로 변질될 가능성이 농후했다.

쿵쿵-

몇 차례 문을 두드렸지만 안에서는 아무 말도 없었다.

그때 그녀 중 한 명이 혹시 하는 생각에 문을 돌렸다.

문제없이 문이 열렸다.

"어?"

"들어가 보자."

그리고 그녀는 침대에서 곤히 잠들어 있는 애쉴리를 발견하고 한숨을 길게 내쉬었다.

벌써 오전 11시가 넘어가고 있었다.

지금쯤 한수와 만수르 왕자는 아부다비 공항에 도착해서 모로코로 떠날 준비를 하고 있을 터였다.

그런데 아직도 일어나질 못하고 있었다.

"애쉴리! 애쉴리!"

애쉴리와 가장 친한 친구가 그녀를 흔들어 깨웠다.

"우-우-웅-"

애교 섞인 목소리로 투정을 부리던 애쉴리가 한참 뒤에야 몸을 일으키기 시작했다.

기지개를 켜며 일어나는 애쉴리를 보며 개중 한 명이 눈칫밥을 주며 물었다.

"지금 시간이 몇 시인지 알아? 우리 곧 아부다비에 도착한다고. 여태 자고 있으면 어떻게 해?"

"버, 벌써? 벌써 시간이 그렇게 됐어?"

"어."

"한스는?"

"뭐? 한스? 진작에 모로코로 갔지. 오늘 왕자님하고 모로코 별장에서 쉬기로 했잖아."

"아……"

애쉴리가 가볍게 한숨을 토해냈다.

그렇지만 연락처를 교환해 뒀으니 잃어버릴 염려는 하지 않아도 됐다.

눈동자가 하트 모양인 걸 눈치챈 애쉴리의 절친이 눈매를 좁히며 물었다.

"어제만 해도 별로였다며? 갑자기 왜 그래?"

"어? 내가? 내가 언제 별로랬어!"

"화는 또 왜 내는데? 그거 말고 밤 기술! 별로였다고 했잖아!"

"……그게 좀 이상해."

"뭐가 이상한데?"

머뭇거리던 애쉴리가 주변 눈치를 보다가 조심스러운 목소리로 말했다.

"분명히 이틀 전만 해도…… 되게 뻣뻣했어. 진짜 첫 경험인 거 같았어. 그런데……"

"그런데?"

"근데 하루 만에 사람이 바뀐 거 같았어."

"그래서? 조금 더 자세하게 이야기해 봐."

"응응. 나도. 궁금하다고."

그녀들이 재잘거리며 물었다.

애쉴리는 당시 상황을 차근차근 이야기하기 시작했다.

그녀의 성감대가 어딘지 그리고 그녀가 원하는 게 무엇인지를 한수가 남김없이 파헤쳤다고 했다.

"그게 가능해?"

"그러니까. 나도 이상했어. 아니, 나도 모르는 걸 아는데…… 진짜 기분이 너무 이상해서…… 그러다가 실신해 버렸어."

"대박."

"사실 나 어제 네 표정 보고 일부러 안 갔는데……."

"나도. 이럴 줄 알았으면 한번 찾아가 볼걸."

"애쉴리, 너 연락처 교환했지? 나도 좀 알려주면 안 돼?"

"됐거든! 절대 안 돼!"

그녀들 모두 눈을 흘겼다. 그러나 자신이라도 저렇게 했을 터였다.

원래 보물은 누군가하고는 절대 나눌 수 없는 그런 것이기 때문이다.

뜻밖의 성인 채널 덕분에 새로운 능력을 확보했지만 일상생활에서는 쓸모없는 것이었다.

잠자리, 그것도 이성과의 잠자리에서만 써먹을 수 있는 능력이기 때문이다.

두 사람은 아부다비에 도착한 뒤 전용기를 타고 모로코로 향했다.

북아프리카에 있는 모로코는 아랍연맹에 속해 있는 국가

중 한 곳으로 아랍 에미리트하고도 돈독한 관계를 유지하고 있다.

두 사람이 도착한 곳은 카사블랑카 모하메드 5세 공항으로 이곳에서 항구가 내려다보이는 별장으로 이동할 예정이었다.

카사블랑카는 하얀 집이라는 뜻인데 사람들이 모로코의 수도로 흔히 착각하곤 하는 모로코 제1의 항구도시였다.

두 사람은 미리 공항에서 대기 중이던 운전기사의 자동차를 타고 곧장 별장으로 향했다.

만수르가 한수를 보며 입을 열었다.

"어떤가? 마음에 드나?"

"물론입니다, 왕자님."

"이곳에서 이틀이나 사흘 정도 머물렀다가 귀국하면 될 걸세. 내 전용기를 타고 돌아가게."

"그러면 왕자님은……."

"나는 며칠 정도 더 이곳에 머무르다가 돌아갈 걸세. 출출한데 별장에 가자마자 점심식사부터 하도록 하지. 전속 요리사가 음식을 준비하고 있을 거야."

"예, 왕자님."

그들을 태운 리무진이 빠른 속도로 카사블랑카 시내를 내달렸다.

그리고 언덕을 오르던 리무진은 얼마 지나지 않아 커다란 저택 앞에 도착했다.

"엄청 화려하군요. 이곳인가요?"

"그렇다네. 모하메드 6세의 소유였다가 그가 나보고 자주 놀러 오라고 팔면서 내가 갖게 되었지."

"……모하메드 6세면 모로코의 국왕 아닙니까?"

"맞네. 하하, 정말 좋은 친구야. 아, 그도 자네 팬이라네."

"예? 모로코 국왕 전하가요?"

"그렇다네. 그도 맨체스터 시티 서포터거든. 내가 억지로 끌어들였는데 요샌 나보다 더 열광적이란 말이야. 하하. 잘하면 이따가 저택으로 찾아올지도 모르니 그때 인사를 나눠보게나."

"그렇군요."

끼리끼리 논다는 이야기가 있다. 확실히 왕족은 왕족끼리 어울리는 모양이었다.

그렇게 대화를 나누며 두 사람은 저택 안에 들어섰다.

군침을 돌게 하는 냄새가 코를 찔렀다.

그들은 곧장 식당으로 향했다. 그들이 가져온 짐은 이미 하인들이 이곳에 있는 동안 머무르게 될 숙소에 가져다 놓고 있었다.

못해도 수십 명은 수용할 수 있을 것 같은 식당에는 모로코의 대표적인 요리라고 할 수 있는 쿠스쿠스(Couscous)와 타진(Tajine)부터 시작해서 각양각색의 요리가 준비되어 있었다.

"훌륭하군. 아마도 모하메드 6세가 궁중 요리사를 보내온 모양이야. 안 그런가?"

"그렇습니다, 왕자님. 왕자님께서 오신다는 말을 듣고 궁중 요리사를 보내 준비해 놓게 하셨습니다."

백발이 희끗희끗한 정장을 입고 있는 장년인이 걸어와서 고개를 꾸벅 숙여 보였다.

"오랜만이군, 알프레드. 잘 지냈나?"

"물론입니다, 왕자님."

"모하메드 6세께서는 정무에 바쁘신 모양이군."

"예, 그래도 오늘 저녁 시간을 내서 한번 들르겠다고 하셨습니다."

"오랜만에 벗의 얼굴을 볼 수 있겠어. 아, 서로 인사하게. 이쪽은 내가 친구 이상으로 아끼는 한스일세."

한스가 알프레드를 향해 먼저 인사를 건넸다.

"처음 뵙겠습니다. 강한수입니다. 한스라고 불러주셔도 됩니다."

"반갑군. 알프레드일세. 평소에는 모로코에서 한량처럼 지내다가 왕자님이 오시면 이곳 저택의 집사 역할을 맡곤 한다네. 자네 이야기는 많이 들었네. 위대한 맨체스터 시티의 영웅을 만나게 되어 반갑네."

환하게 웃는 알프레드를 보며 한수가 마주 미소를 지어 보였다.

보통 처음 만나는 사람일 경우 보이는 반응은 둘 중 하나였다.

첫 번째는 맨체스터 시티에서 트레블을 거머쥔 한스로 기억하는 경우였다. 최근 들어서는 이런 경우가 다반사였다.

두 번째는 한스 신드롬을 일으켰던, 노엘 갤러거와 함께 밴드 활동을 했던 한스로 생각하는 경우도 있었다.

오래전만 해도 대부분 한수 하면 두 번째 경우를 떠올렸지만, 그가 맨체스터 시티에서 뛴 이후로는 첫 번째로 생각하는 경우가 많았다.

알프레드는 아마 한수를 전자로 기억하고 있는 모양이었다.

그때였다.

오늘 요리를 만든 쉐프가 그들에게 다가왔다.

만수르가 웃으며 그를 반겼다.

"아마르! 역시 자네였군."

얼굴을 비친 건 사십 대 초반쯤 되어 보이는 요리사였다. 꽤 잘생긴 얼굴에 뚜렷한 이목구비가 눈에 들어왔다.

그는 만수르 왕자와 포옹을 나눈 뒤 웃으며 말을 건넸다.

"왕자님, 오랜만에 뵙는데 더 젊어지신 거 같군요."

"하하, 조금 전까지 늘씬한 미녀들과 바캉스를 즐기고 왔거든."

"그런 좋은 기회가 있었으면 저를 초대해 주지 그러셨습니까?"

"자네는 모로코 왕궁의 궁정 요리사가 아닌가? 그랬다가는 모하메드 6세께서 내게 엄벌을 내리실지도 모른다네."

두 사람은 꽤 오래 알고 지낸 듯 보였다. 스스럼없이 대화를 나누고 있었다.

아마르가 만수르 왕자를 보며 물었다.

"그럼 누구하고 함께 가신 겁니까?"

"앤더슨을 데려갔다네."

"……오늘따라 앤더슨이 무척 부럽군요. 저는 퇴근하면 곧장 애들을 돌보고 그랬는데 그 녀석은 유부남 주제에……."

만수르가 고개를 저었다.

"정작 앤더슨은 제대로 즐기지 못했다네. 그 대신 이 친구가 호사를 누렸지."

"아, 그러고 보니…… 낯이 익는 사람이군요."

"그럴 수밖에. 아마 나보다 더 유명할 테니까."

"처음 뵙겠습니다. 아마르라고 합니다. 미스터 캉. 한스 씨라고 부를까요?"

"뭐든 좋습니다. 저도 처음 뵙습니다."

"편하게 아마르라고 부르셔도 됩니다. 이렇게 실물로 보는 건 처음이지만 그동안 한스 씨 이야기를 워낙 많이 접했다 보니 오히려 낯이 익는 거 같군요."

"예? 제 이야기를요?"

한수가 고개를 갸웃거리며 아마르를 바라봤다.

축구 선수? 아니면 가수?

어떤 이야기를 해왔던 걸까.

그때였다.

아마르가 미소를 입가에 띄우며 말했다.

"예, 쉐프로서의 한스를 이야기하곤 했죠."

"……쉐프로서의 한스?"

이야기를 듣던 만수르가 눈을 동그랗게 떴다.

그 눈동자에는 호기심이 짙게 어려 있었다.


만수르가 아마르를 바라보며 물었다.

"그게 무슨 소리인가? 쉐프로서의 한스라니?"

아마르가 웃으며 입을 열었다.

"그게 말입니다. 진짜 인터넷이 발달했다는 게 새삼 느껴지더군요."

"응? 갑자기 인터넷이 왜 나와?"

"유튜브 말입니다. 거기에 종종 볼만한 영상이 올라오기에 자주 이용하고 있는데 개중에서 웬 영상 하나가 제 눈길을 사로잡았습니다. 「Whatever it takes」라는 영상이었죠."

아마르 말에 한수가 눈을 휘둥그레 떴다.

「Whatever it takes」, 그것은 「무엇이든 만들어드려요」의 영

문명이었다.

지금 아마르 말은 그 예능프로그램을 봤다는 이야기였다.

아마르가 계속해서 말을 이었다.

"대략 반년 전쯤이었을 겁니다. 한스 씨가 맨체스터 시티에서 선수로 뛰며 박싱데이를 보낼 시기겠군요."

"그럴 겁니다."

"그때쯤 유튜브에 웬 동영상 하나가 올라왔습니다. 「Whatever it takes」라는 제목의 동영상이었죠. 한국에서 만든 예능프로그램이었는데 되게 신선한 프로그램이었습니다."

만수르가 흥미가 동하는 듯 고개를 갸웃거리며 물었다.

"어떤 프로그램이기에 그랬나?"

"인도네시아에 있는 롬복이라는 지역의 승기기라는 곳에서 레스토랑을 여는 프로그램이었죠. 쉐프가 아닌 연예인들이 말입니다."

"호오, 그런데?"

"제목 그대로였습니다. 쉐프도 아닌 연예인인데 세상에 존재하는 모든 요리를 다 만들어주겠다고 메뉴판을 만든 겁니다. 어처구니없는 일이었죠. 저는 정신없이 방송에 빠져들었습니다. 그런데 1화하고 2화뿐이 없더군요."

"방송은 어땠나? 재미있었나?"

아마르가 고개를 끄덕였다.

"그렇습니다. 과연 쉐프도 아닌 연예인이 저 공약대로 요리를 만들어낼 수 있을지 흥미 반 걱정 반으로 지켜봤거든요. 문제는 2화에서 딱 그 장면을 끊어버리더군요. 그때는 저 프로그램을 만든 제작진을 진짜 때려 패고 싶었습니다. 단 두 편밖에 안 올라와 있는데 하필이면 그 상황에서 끊어버리다니……울화통이 터지는 일이었으니까요."

만수르는 아마르가 하는 말에 푹 빠져 있었다.

그가 아마르를 보며 계속해서 이야기하라고 응원을 북돋웠다.

아마르는 신이 난 채 계속해서 말을 이어 나갔다.

그렇게 일주일이 지난 뒤 유튜브에 「Whatever it takes」 3화와 4화가 업로드되었고 그는 그제야 그렇게 보고 싶었던 다음 화를 볼 수 있었다고 한다.

그러다가 아마르는 「Whatever it takes」라는 프로그램의 헤드 쉐프가 맨체스터 시티에서 뛰는 강한수를 닮은 것 같다는 생각을 하게 됐다.

그리고 그것이 사실인 걸 알게 된 뒤 아마르는 자신이 아는 주변 쉐프들에게도 이 사실을 알리며 영상을 공유하기 시작했다.

그 덕분에 아마르는 한수를 맨체스터 시티의 선수가 아닌 기적의 요리사로 생각하게 된 것이었다.

"그런 일이 있었군. 정말 세계 각국의 요리를 순식간에 수십여 개 만들어냈단 말인가?"

"방송인만큼 어느 정도 편집은 있었을 겁니다. 그런데 정말 신기하긴 했습니다. 그래서 오늘 왕자님이 한스하고 함께 오신다기에 제가 직접 모하메드 6세 님께 간청을 드려서 여기 오게 된 겁니다."

아마르가 멋쩍게 웃어 보이며 말을 덧붙였다.

"제 이야기를 듣고는 모하메드 6세께서도 흥미가 동하신 듯 저녁에 온다고 하셨고요."

"그런 일이 있었군. 하하."

만수르는 정무 때문에 바쁠 모하메드 6세가 시간까지 빼가면서 굳이 이곳으로 오겠다고 한 이유를 알 수 있었다.

그건 전부 다 한수 때문이었다.

"자자, 일단 음식이 식기 전에 맛부터 봐야겠네. 자네가 귀한 시간을 내서 만들어준 요리인데 빨리 먹어보고 싶군."

"여부가 있겠습니까? 귀한 분들에게 제 요리를 대접할 수 있어서 영광입니다. 그럼 맛있게 식사 즐기십시오. 저는 이따 인사드리겠습니다."

"고맙네, 아마르."

"영광입니다, 왕자님."

아마르가 떠난 뒤 만수르가 한수를 보며 너털웃음을 흘렸다.

"한스! 그런 일이 있었으면 진즉에 이야기를 해야 하는 거 아닌가. 어째서 그동안 감쪽같이 숨겨두고만 있던 건가?"

"그게…… 딱히 알릴 필요가 없다고 생각했습니다."

"정말 보면 볼수록 매력적이군. 아마르도 갔으니 물어보는 건데 정말 아마르 말이 사실인가? 자네가 세계 각국의 요리를 전부 다 만들었나? 아니면 방송의 연출이 섞인 것인가?"

"편집을 어떻게 했는지는 제가 제대로 보질 못해서 뭐라고 말씀을 못 드리겠지만 그 요리들은 제가 전부 다 만든 게 맞습니다."

"……대단하군, 대단해. 어떻게 그게 가능한 건가?"

만수르가 정곡을 찌르는 질문을 해왔다.

어떻게 가능한 것이냐.

한수에게 있어서는 가장 난처한 질문이기도 했다.

요리라는 게 그렇기 때문이다.

단기간 열심히 한다고 해서 그렇게 뚜렷한 성과가 나오지 않는 게 요리다. 꾸준히 연습하고 노력을 기울여야 한다.

그뿐만 아니라 창의성 있는 레시피를 개발하려면 그만한 영감도 있어야 한다. 만수르가 궁금해할 만한 이유가 있었다.

"텔레비전을 보면서 노력했더니 언젠가 되더군요."

노력을 하긴 했다.

손가락이 베이고 물집이 잡히고 불에 데어가면서 연습을 했지만 그건 요리사라면 누구나 으레 겪는 과정들이었다.

그걸 감안해 보면 한수가 기울인 노력은 조금 부족한 게 사실이었다.

그러나 그건 어쩔 수 없는 일이었다.

육체가 정신을 쫓지 못해서 가끔 가다가 원하는 대로 칼질이 안 되거나 단순노동에 가까운 일들만 연습해 두면 나머지는 문제없이 해결되기 때문이다.

그랬기 때문에 한수는 「퀴진 TV」를 마스터하기 전까지 꾸준히 기본기를 쌓는 데 노력을 기울였다.

그 덕분에 그는 「퀴진 TV」를 마스터하고 난 뒤 「퀴진 TV」에 소개된 요리는 어떤 것이든 전부 다 만들 수 있게 되었다.

물론 남한테는 밝힐 수 없는 비밀이었다.

"대단하군, 대단해. 진짜 자네는 특별하군."

만수르는 그 사실을 모르기 때문에 연신 점심을 먹으면서도 한수를 향한 칭찬을 잊지 않았다.

그래도 그가 건네는 말에는 진심이 녹아 있었기 때문에 한수는 멋쩍어하면서도 그 칭찬에 어색하게 웃어 보였다.

그렇게 두 사람은 아마르가 정성들여 만든 요리를 배부르게 먹을 수 있었다.

점심을 먹고 난 뒤 두 사람은 응접실로 향했다.

응접실에서는 아마르가 두 사람이 오길 기다리고 있었다.

"왕자님, 입맛에는 맞으셨습니까?"

"누구도 아니고 아마르, 자네가 해준 요리인데 맛이 없을 리가 없지. 덕분에 잘 먹었네."

"한스 씨는 어떻습니까? 괜찮았습니까?"

한수가 아마르 질문에 고개를 끄덕였다.

"물론입니다. 배부르게 먹을 수 있었습니다."

"다행이군요. 하하. 저보다 더 요리를 잘하시는 분한테 평가받는 느낌이라 엄청 긴장하고 있었습니다."

한수가 그 말에 손사래를 쳤다.

"그 정도는 아닙니다. 오히려 아마르야말로 궁정 요리사가 아닙니까?"

"고맙습니다. 그래도 내심 걱정했는데 맛있게 먹었다니 정말 다행이군요."

공치사가 오간 뒤 아마르가 만수르에게 물었다.

"오늘도 체스 한판 두시겠습니까?"

"나야 좋지."

고개를 끄덕인 만수르가 한수를 돌아봤다.

"한스, 체스를 둘 줄 아는가?"

"……기본적인 룰 정도만 알고 있습니다."

"그럼 옆에 와서 지켜보게. 아마르는 내 숙명의 적이라네. 여태 그는 나와 8전 3승 2무 3패를 기록 중에 있다네."

"호적수이신가 보군요."

"그렇다고 할 수 있지."

만수르가 고개를 끄덕이며 말했다.

"아마르, 슬슬 자리를 옮기세."

"고대하던 바입니다."

그들은 응접실에 한복판에 놓여 있던 테이블로 움직였다.

체스판이 그 위에 놓였고 아마르와 만수르는 손수 체스 말을 하나둘 올려놓기 시작했다.

만수르는 한수를 보며 아쉬움을 드러냈다.

"자네도 둘 줄 알았으면 좋았을 텐데 많이 아쉽군."

"그러게 말입니다. 저도 한스와 체스 두는 걸 머릿속으로 생각하며 왔는데…… 그건 어렵게 됐군요."

한수가 멋쩍게 웃었다.

그렇다고 지금 와서 체스 채널을 확보하고 그 채널을 보고 올 수는 없는 노릇이었다.

그랬기에 한수는 그냥 옆에서 두 사람이 체스를 두는 모습을 지켜보고 있었다.

그런 한수를 보며 만수르가 말했다.

"한스, 나중에 기회가 되면 체스를 한번 배워보도록 하게.

체스뿐만 아니라 골프나 승마 이런 것도 좋네. 그것들 모두 귀족적인 스포츠인만큼 배워둔다면 이래저래 유용하게 쓰일 걸세."

"예, 왕자님. 그러겠습니다."

그때 아마르가 만수르를 보며 농담 섞인 말을 건넸다.

"하하, 한스가 골프나 승마 같은 걸 배우고 한 달 만에 프로선수 저리 가라 할 정도로 실력을 쌓아버리는 건 아닐까요?"

"오호, 그럴 수도 있겠군. 충분히 가능성이 있는 이야기야."

만수르는 그 말에 오히려 고개를 끄덕였다. 그 반응에 되레 당황한 건 아마르였다.

"정말 그렇게 생각하십니까?"

"충분히 가능성이 있는 이야기 아닌가. 하하."

"……설마요? 제아무리 천재라고 해도 각각 다 다른 영역에 속해 있는 것인데."

만수르가 아마르의 말에 빙긋 웃었다.

"축구를 전문적으로 배운 적이 없는 사람이 있네. 그런데도 불구하고 능숙하게 공을 다뤘고 패스도 완벽했지. 그는 불과 일 년 뒤 프리미어리그, 챔피언스리그, 그리고 FA컵에서 우승컵을 들어 올리며 트레블을 기록하게 되네. 내가 지금 누구를 이야기하고 있는 거 같나?"

"……한스군요."

"그렇네. 인간에게는 무궁무진한 잠재력이 있다네. 체스는 오래전 인공지능에게 정복당했고 바둑마저 재작년 알파고한테 지리멸렬했지만…… 인간에게 그 인공지능을 뛰어넘을 가능성은 언제나 존재할 거라 믿는다네. 그리고 한스는 딱 그에 걸맞은 인재지."

"제가요?"

이번에는 되레 한수가 반문했다.

만수르가 그런 한수를 보며 물었다.

"불가능할 거 같나? 나는 가능성 있는 이야기라고 생각하는데 말이야. 나 혼자만의 생각이었나? 하하."

만수르가 지금 하는 말은 진담이었다.

그들 세 사람이 한창 인간의 잠재력에 대해 심도 있는 이야기를 나누는 사이 저택을 찾아온 손님이 있었다.

체스를 두던 두 사람과 한스는 손님이 왔다는 말에 곧장 1층으로 내려왔다.

그리고 손님을 본 순간 만수르가 환하게 웃어 보였다.

아마르는 황급히 고개를 숙였다.

"모하메드 6세 전하."

그는 모로코의 군주 모하메드 6세였다.

모로코는 입헌군주제 국가이지만 사실상 반전제주의 국가라고 할 수 있다.

국왕이 총리 탄핵권을 갖고 있기 때문이다.

"잘 지냈나? 친구."

"물론입니다, 전하. 정정하신 모습을 보니 마음이 한결 놓이는군요."

"하하, 자주 놀러 오지 말이야. 이러다가 자네 얼굴을 잊어버릴 뻔했다네. 아! 아마르, 고생이 많았네."

"아닙니다, 제 할 일을 다 하였을 뿐입니다."

그는 모로코의 국왕 모하메드 6세였다.

한 나라를 다스리는 국왕과의 만남에 한수가 고개를 숙여 보였다.

모하메드 6세가 입을 열었다.

"자네가 한스군."

"처음 뵙겠습니다. 강한수입니다. 한스라고 불러주셔도 됩니다."

"반갑네."

그가 한수에게 손을 내밀었다.

한수가 그 손을 마주 잡자 그가 환한 미소를 지으며 말했다.

"내가 말이야. 자네가 여기 온다는 말에 얼마나 기다렸는지 모른다네. 만수르가 호언장담을 하기에 믿어 의심치 않았는데…… 실제로 자네를 보게 될 줄이야."

"감사합니다."

"한데 축구는 진짜 은퇴한 것인가?"

"예, 그렇습니다. 은퇴하였습니다."

"하…… 자네 플레이를 보는 게 내 인생의 또 다른 즐거움이었는데……. 마음을 돌릴 생각은 없는가?"

"죄송합니다."

일국 국왕이 직접 하는 부탁이었다. 하지만 한수는 자신의 뜻을 꺾을 생각이 없었다.

가만히 그 모습을 보던 모하메드 6세가 만수르를 보며 말했다.

"하하, 자네는 이만 뜻을 접어야 할 거 같군. 아무래도 축구선수 한스는 이제 못 볼 듯하네."

"……그럴 거 같습니다. 이래저래 아쉽군요."

그때 모하메드 6세가 그들을 보며 물었다.

"한데 여태 무슨 이야기를 그렇게 나누고 있었나?"

만수르가 자초지종을 이야기했다.

특히 「Whatever it takes」에 관한 이야기가 나왔을 때 모하메드 6세가 고개를 끄덕였다.

"그래, 실제로 나도 그게 궁금해서 여기까지 오게 됐네. 축구 선수로만 알고 있던 한스가 실제로 그렇게 요리를 잘하는지 궁금했거든."

"왕궁의 쉐프들도 다들 반신반의하고 있죠."

"흐음, 그게 사실인지 아닌지 한번 보고 싶어지는군."

"예?"

한수가 당혹스러운 얼굴로 모하메드 6세를 바라봤다.

그가 한수와 만수르를 바라보며 물었다.

"내일 왕궁에 놀러 오지 않겠나?"

to be continued

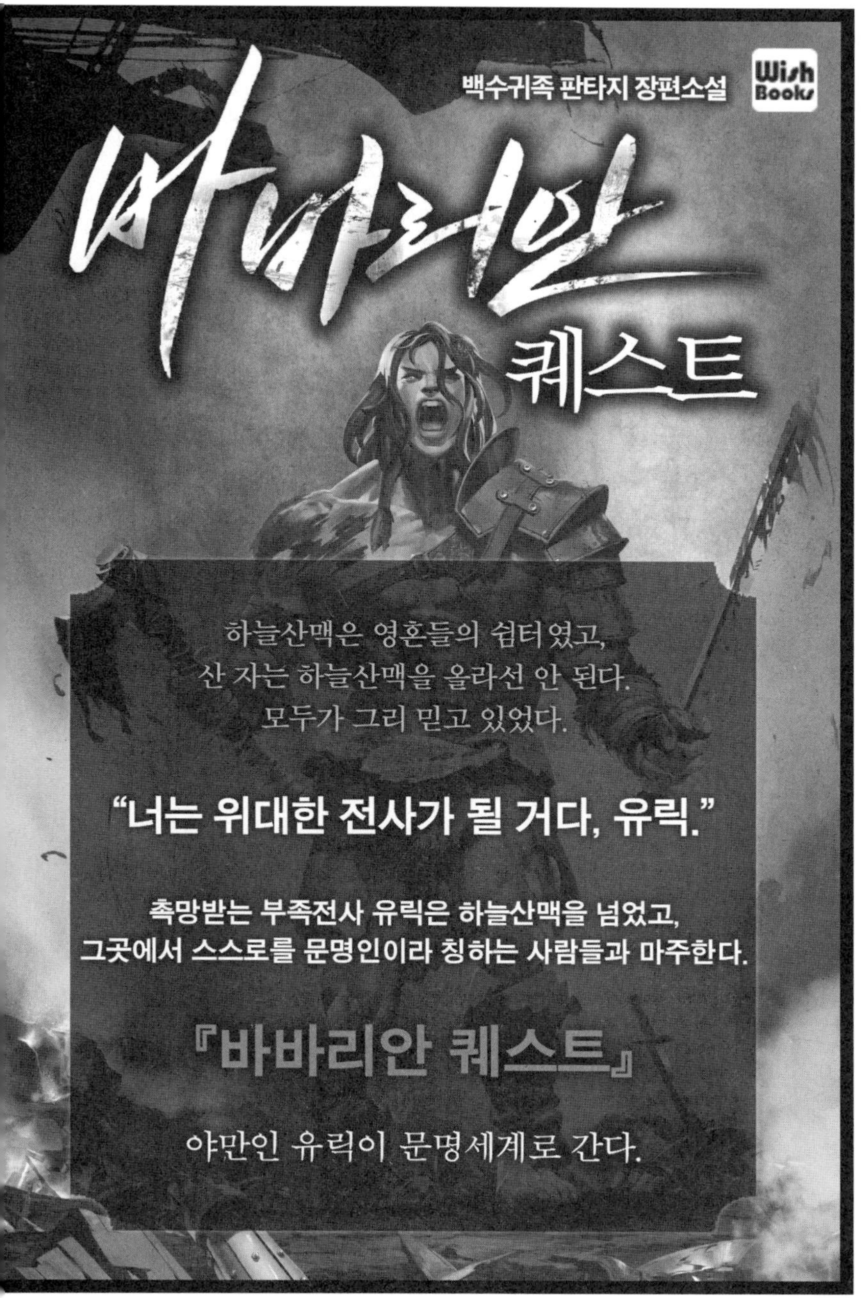

백수귀족 판타지 장편소설
Wish Books
바바리안 퀘스트
하늘산맥은 영혼들의 쉼터였고,
산 자는 하늘산맥을 올라선 안 된다.
모두가 그리 믿고 있었다.
"너는 위대한 전사가 될 거다, 유릭."
촉망받는 부족전사 유릭은 하늘산맥을 넘었고,
그곳에서 스스로를 문명인이라 칭하는 사람들과 마주한다.
『바바리안 퀘스트』
야만인 유릭이 문명세계로 간다.

# 귀별도 없는 회귀

**목마 퓨전판타지 장편소설**

불친적하기 짝이 없는 이세계 '에리야'.
그곳에 소환된 '이성민'.

13년의 생활 끝에 죽음을 맞이한 그에게
또 한 번의 기회가 주어졌다.

재능이 없다.
그러나 그에겐 13년의 기억이 있다.

우연처럼 엮인 필연이, 그리고 목적이
그를 앞으로, 더 높은 곳으로 나아가게 한다.

## 이성민은 무엇을 바라였는가.
## 무엇이 되고 싶었는가.

"나는 다시 살아가 보고 싶다.
전생보다 나은 삶을."